爱与尊严的时刻

当代作家访谈录

行超 著

上海文艺出版社

自序

美国作家约翰·契弗有一个著名的短篇小说,名字叫《巨型收音机》。小说中的年轻夫妇某日购置了一台收音机,本想更好地聆听两人钟爱的古典乐,谁知这收音机竟能播放同一公寓中其他住户屋里的声音。仿佛打开了潘多拉的魔盒一样,妻子艾琳逐渐沉迷于此,她发现那些看起来光鲜亮丽、美满和睦的邻居们,其实都有着不可为外人道的秘密。艾琳由此生发出一种隐秘的心理优越感,但同时,她也开始对自己的生活产生怀疑,眼前的幸福背后是否还有陷阱,到底什么才是婚姻的真相,艾琳越来越不能确定,她变得疑神疑鬼、患得患失。小说最后,丈夫吉姆再也无法忍受她的神经质,近乎无情地指出她曾经犯下的罪恶和羞于启齿的耻辱，艾琳苦心维系的完美假象被丈夫一举击破，只剩下收音机里传来的温和而不置可否的声音。

借由这个非正常的收音机，契弗精妙地揭示出生活表象之下的虚伪和丑恶，作为一个整体形象，我们当然可以发现其中中产阶级的脆弱和不堪一击。可是，如果我们试图接近这里每一个真实的个体立场，会发现所有人的"虚伪"当中都包含着无奈和顽强。无论是艾琳，还是那个遭受家暴的妻子，以及那些面临不同窘境的破产者、失业者、患病者，他们的"伪装"实际上关乎自我的尊严。契弗更倾向于哪一种立场其实并不重要，毕竟，对于一个作家来说，言说自己的立场比理解他人的立场要容易得多。小说最后，收音机里传来的不再是他人的生活，而是回归正常的电波。这应该是小说家的仁慈，也是他对于小说中的人物，乃至对于这个世界的最基本的爱。

我想，爱与尊严，应该是一切文学的起点，也是所有写作者共同捍卫的精神。"巨型收音机"就是这样一个关于文学的绝妙象征，它像一条特殊的通道，连接着自我与他人之间的广阔空间，也试图照亮那些不为人知的晦暗角落。在这个意义上，文学或许就是不断地制造"巨型收音机"，以此容纳更多样的世界；而阅读或许就是借此"窃听"他人的生活，进而重新审视自己的生活，也重新理解现实、认识自己。不过，无论这个"巨型收音机"何其奇妙或者诡异，它最终只是提供一种图解和认知的方式，就像契弗对他笔下的人物始终怀有复杂的感情一样，文学教会我们的不仅是洞察人性的丑恶和虚伪，更教会我们如何怀着善意、体谅和爱去看待他人与生活。

《爱与尊严的时刻》这本小书，来源近十年的工作与学习。2013年，刚刚硕士毕业的我进入中国作家协会所属《文艺报》工作，因为工作的关系，那些曾经在课堂和书籍上熠熠闪光的名字，一一出现在我身边。对我来说，这十年的阅读与采访就像是不断地拆解一个个有趣的"巨型收音机"，通过文字这道特殊的电波，我一面跟随作家进入他们所创造的万千世界；一面逆流而上，尝试走进不同作家的个体精神世界。在这些文字中，我读出了他们对无穷的远方、无数的人们的爱,更读出了写作者的尊严与文学的尊严。

收录在书中的十三篇访谈,有的进行在报社旁边的咖啡馆里,有的进行在作家的住所、书房、办公室里,还有的通过遥远而神秘的网络通信得以达成。十年时间一晃而过,报社旁边的那家咖啡厅早就几易其主。当意外和不确定越来越成为我们生活的常态,《巨型收音机》的隐喻也似乎逐渐成为触目惊心的现实。但正是在这样的时候,我们更加需要,也更愿意相信那极为珍贵的爱与尊严——感谢文学让我们不断遭逢这样的时刻,感谢所有因文学而起的美好的遇见。

目录

- 001 王蒙 × 唯有生活不可摧毁
- 026 莫言 × 「低后手」，放平心
- 044 王安忆 × 弃「文」归「朴」
- 053 贾平凹 × 你生在哪里，就决定了你
- 077 阿来 × 「我愿意做一个有限度的乐观的人」
- 100 曹文轩 × 把文学当作艺术品经营
- 115 周梅森 × 我所做的仅仅是追上了时代
- 137 周晓枫 × 人生的每个阶段都有悲喜
- 158 梁鸿 × 时间的凝视者
- 207 徐则臣 × 我更心仪「中年写作」
- 221 鲁敏 × 文学是书写时代巨躯上的苍耳
- 245 葛亮 × 我喜欢历史中的意外
- 263 张悦然 × 写作需要彻底的寂寞
- 282 附录 × 爱与尊严的时刻

王蒙 × 唯有生活不可摧毁

1974年，身在新疆、正经历低谷时期的王蒙，在妻子的鼓励下开始创作描写新疆生活的长篇小说《这边风景》。此后历时四年，小说基本写就。然而这时，由于政治形势的突变，这部长达70万字的小说被迫尘封。2012年，一次无意的整理旧物中，这沓厚重无比的手稿被家人发现，携带着40年前的记忆重新来到王蒙面前。重读旧作，王蒙感慨万千。2013年4月，花城出版社正式出版了修改后的长篇小说《这边风景》，两年后，这部作品获得第九届茅盾文学奖。

《这边风景》成书过程中经历的坎坷、波折，某种意义上也可以看作王蒙人生经历的一个注脚。他出生在知识分子家庭，少年时期满怀布尔什维克的革命热情,参加了中共地下党的工作;青年时期,因《青春万岁》《组织部新来的青年人》等小说一举成名,却很快被划为右派,下放新疆农场长达15年。1978年平反之后,王蒙创作出《布礼》等众多作品,并任文化部部长。可以说,王蒙用他的豁达与智慧越过了自己命运的沟沟壑壑,而他的文学与他独特的人生经历,也共同造就了一个中国当代作家中绝无仅有的特例。几十年来,王蒙几乎时时都是站在潮头的人。他既能真正地将苦难当作馈赠,又从不惧怕质疑与争论,这是他的大智慧,也是文学给他的特权。

也是在2013年,我刚刚硕士毕业,正式成为《文艺报》评论部的一名编辑。在时任评论部主任刘颋老师的帮助下,我们一起前往了王蒙老师的家,遂有以下这篇我工作之后的首次采访。如今想来,真有恍若隔世之感。

行　超: 重新发现的旧作是一种文学的奇遇,《这边风景》就是一场奇遇。四十年之间,时代变了,人心变了,人们的阅读经验、阅读方式、阅读期待,甚至是话语方式都在改变。四十年之后重新读自己年轻时的作品,有什么不一样的感受?

王　蒙：四十年是一个非常长的时间，人的一生有两个四十年就了不得了。不管是我自己还是整个社会，四十年前都是高度政治化的，任何一本书出来，首先要看它政治上的标志和政治上的态度，《这边风景》正是陷入了这样的尴尬之中。我是在"文革"当中写这本书的，虽然它本身并没有写到"文革"，但是它的话语必然受到"文革"的标签、命题、说话习惯等的影响。书写完了，"文革"也已经结束，当时书中那些原来摩拳擦掌地想跟上的东西反而令人感到不安，所以我自己觉得这本书已经没救了，就差一把火把它烧了。可是，现在读起来，我看到更多的是这里边的生活和人，这里边的各种细节，各种人的性格和历史的风雨，这些才是真正的文学内容，这跟过去是一个很大的不同。

其次，那时候我对新疆，尤其是对少数民族生活了解得非常细致，如今我已经离开新疆30多年了，所以当我看到书中对少数民族的描写，还是觉得有一种新鲜感。有些细节我自己都忘了，反而要找人再去问。比如，我在书中提到有一个人的名字叫坎其阿洪，"坎其"表示他是家里最小的儿子。我现在看的时候完全不能确信有没有这种说法，于是就找人问，别人告诉我确实是这样的。可以说这既是一个记忆，也显示出了遗忘和沧桑。

另外，《这边风景》在写作手法上跟我后来的作品有极大不同。这本书我是用比较老实的现实主义写法写的，对生活的观察很细致，这跟年龄有很大的关系。三十八九岁应该算是一个人写作的盛年。我记得我在当《人民文学》主编的时候发表过一篇莫言的小说《爆炸》，我看这部小说的时候就感慨，以前自己从来不认为自己老，但是看了《爆炸》后就觉得自己老了，莫言小说中的那种感觉我已经写不了了。可现在回过头来看《这边风景》，我又觉得那个时候自己还没有老。

还有一种感觉，就像是穿过时光隧道又回到了当时那个时代。那时候的生活方式跟现在有很大的不同，我看了非常感慨。我在书的后记中也提到，林斤澜曾经有一个打趣，他说，好比我们这些人到饭馆里吃鱼，鱼头给你做出来了，鱼尾也做出来了。中段呢？饭馆人说，我们这儿鱼没中段。鱼怎么可能没中段呢？然后他叹息说，可惜我们这些人都没有中段了。我们这代人年轻时候写了一些东西，后来政治运动越搞越紧，这些作品就无奈消失了。可以说，《这边风景》就是我的"中段"。

行　超：其实并不是没有"中段"，而是需要重新打捞"中段"。小说《这边风景》就经历了打捞，我看书中每一章之后都有一段"小说人语"，其中多次提到，自己在重读旧作时"热泪盈眶"，是什么让您热泪盈眶？

王　蒙：《这边风景》中最使我感到激动的就是对爱弥拉克孜的描写。她是个残疾人，她爸爸是一个比较保守的老农，生活处境相当艰难。因为她缺一只手，给她说媒的，不是找个瞎子，就是找个哑巴，但实际上，她的心气特别高，所以她非常坚定地说自己这一辈子都不结婚了。在这种情况下，她收到了一封求爱信，她当即的反应是大哭。这充分说明了她在爱情生活上的不幸，她早已经剥夺了自己爱的权利、婚姻的权利，因为她没法低头，没法委身于一个人。我看到这段觉得特别感动。

另外还有，爱弥拉克孜去还泰外库手电筒的时候对泰外库说，你这屋里这么大的烟，你不该放这么多柴火，泰外库心里一下就震动了，觉得整个屋子都是爱弥拉克孜的身影。这些地方我现在说起来都特别有感情，每次看到都有新的体会。这其中包括一种对少数民族的内心深处的爱，也有对他们女性的一种尊重，因为，这恰恰不是一个男女平权的地区，这里歧视妇女的事情太多了。

行　超：《这边风景》中所有人物的命运突转均来自毛主席的一纸公文，也就是"二十三条"的出现，在正常的小说逻辑中，这显然是一个刻意为之的偶然事件，但在现实中，这又是历史事实。您在写作中是否考虑过这个问题？

王　蒙：这是一个很有意思的说法。我在"文革"尚未结束的时候开始写这部作品，当时并没有足够的认识和勇气来挑战"文革"，我并不是把它作为一部反叛、"点火"的书来写的。在这个时代中,我抓住了一个机遇,就是毛主席用"二十三条"来批评此前在"社教"运动中的"形'左'实右"。于是我找到了一个可以合法地批评极"左"、控诉极"左"的机会。这已经算是挖空心思了,否则我只能歌颂极"左",那既是生活的逻辑不允许的,也是我的真情实感不允许的。

二十世纪八十年代初,邓小平接受意大利女记者法拉奇的采访。法拉奇问他,你三起三落的秘密是什么?你是如何经历过三次极大的打击后又恢复过来,继续做党的领导人?我当时想,邓小平会怎么回答呢?他不可能给意大利记者讲马列主义、共产主义信仰,讲共产党员是什么特殊材料制成的。邓小平最后就回答了两个字——"忍耐"。伟人如邓小平,遇到这种时候也没有别的辙,只能是忍耐。所以我在《这边风景》中用汉文和维语不停地说着忍耐——契达,一个堂堂男子汉,必须咬得住牙,忍耐得了。

另外,我在小说中尽量客观地呈现了一个比较复杂的情况。虽然人民公社最后解散了，但是确实表达了毛泽东为新中国找一条路的愿望。所以，小说中有一些对"二十三条"或者对毛泽东的歌颂，并不完全是我的伪装或姿态。更多的是表达了我们这代人在毛泽东的领导下，又碰又撞，艰难前进的特殊心态。

行　超： "小说人语"的出现使作者还兼具读者和评论者的角色，我们依次看到了作者的创作、作者的感慨和作者的评点，让人有一种"穿越时空隧道"，在现在和过去之间穿梭的感觉。为什么会采用这种方式？是否担心因此影响读者阅读的流畅性？

王　蒙： 这本书出来，对于读者来说是新作，对我来说却是旧作，我不想对这部旧作做过多的改动，第一我没有这个能力，第二就会使那个时代的很多时代特色都消失了。但是另一方面，作为新作，2012年我对它重新作了整理归纳和某些小改动，我需要有一个21世纪的态度和立场，需要给读者一个交代，所以出版社的广告词就是："79岁的王蒙对39岁王蒙的点评。"一般情况下，小说不这样写，但中国有这传统。《史记》有"太史公曰"，《聊斋志异》有"异史氏"，所以我觉得中国人能接受这种形式。也可以不写"小说人语"，最后写一篇很长的概述，但我觉得那不是好的办法，好像自己给自己做结论似的，更倒胃口。"小说人语"比较灵动，借这机会说说其他的也可以。比如"打馕"那章，我借机写了我当时的房东大姐，既是亲切的，又是自由的。它是可即、可离、可放、可收的。

行　超：书中描写的少数民族地区的环境、生活，对于内地读者来说有一定的距离感，让小说产生了一种"陌生化"的效果。今天文学界都在期待具有"异质性"的作品，但有时这种期待也会有猎奇的风险。您是如何平衡这两者的？

王　蒙：在写这本书的时候，我可以说是做到了破釜沉舟。在伊犁的6年时间，我住在维吾尔族农民的家里，完全跟他们打成一片，我很快掌握了维吾尔语，跟当地人民的接触不仅是学习的、工作的接触，更是生活的、全面的接触，所以我对那里的了解非常细致。小说中的对话我是先用维吾尔语构思好了,再把它翻译成汉语的,所以有的句子与汉语是不一样的。比如汉语说"有没有办法",维吾尔语说的是"有多少办法""有几多办法"。还碰到一个问题,咱们国家语委正式规定,第二人称尊称没有复数形式,可以说"您",但不能说"您们"。但是维吾尔语有复数形式,"你们"和"您们"的发音区别非常明确。

小说中的故事和语言都是贴近少数民族生活现实的,比如库图库扎尔和四只鸟的故事,如果看过《一千零一夜》就知道这种写法的文化渊源。还有,当我要跟你说一句比较重要的话的时候,新疆人会说,"我耳朵在你那里",意思是,"我认真听着呢";"幸福的鸟儿栖息在我的额头上",表示的是走运了,等等。这些说法都不是我编造出来的,而是长期、深入地跟他们打成一片的结果。我的写作就是完全遵循当时人们的现实生活。

行　超: 您出生、成长在北京,后来在新疆生活,这是否使您的思维、语言产生了变化?在面对这两种文化、两种习惯、两种传统的过程中,您是如何处理、协调的?

王　蒙: 在新疆生活时,我的写作激情的主要来源是对一种跟自己不完全相同的文化的兴趣,这既是一种好奇,也是一种欣赏。汉语中有一个词叫做"党同伐异",我能理解"党同",却不赞成"伐异"。《这边风景》对少数民族的描写表现了我对一种新的经验的重视和欣赏,虽然里边我也写到一些少数民族的保守、自私、狡猾,但总体来说,我表达的是对不同民族、对不同文化的欣赏、好奇和爱。

行　超: 结合小说创作的时代背景和个人经历,很可以想象当时的气氛。但是我在读这部小说的时候,更多感受到的却是作者对生活的热情,对山川、人民的热爱。您当时是如何在那种环境中保持昂扬向上的情怀的?

王　蒙: 我想更多是源于自己的一种非常光明的底色。我从少年时代开始就追求革命,欢呼新中国的建立,以后不管碰到多少曲折,那种昂扬、光明的底色都还是有的。另外,我通过整理这个旧作感觉到,生活是不可摧毁的,文学是不可摧毁的。不管讲多少大话、空话、过头的话,但生活还是要继续下去。二十世纪六十年代的新疆是相对粮食比较富裕的,1965年有半年伊宁市买馕都不用粮票,这在全国都是绝无仅有的。那时候酒很难找到,但是大家也没少喝酒,肉也一直在吃。小说中我写了很多细节,新疆人怎么种花、怎么养花、怎么养猫、怎么养狗,还有南疆和北疆如何抻面,做面剂子有什么不同,等等。不管是"左"了、"右"了,人还是人呢,老百姓还是老百姓呀,吃喝拉撒睡、柴米油盐酱醋茶,这些从本质上来说都是不可摧毁的,该做饭还得做饭,该搞卫生还得搞卫生,该念经还得念经,该恋爱还得恋爱,该结婚还得结婚。同时,文学也是不可摧毁的,虽然在创作中不得不考虑当时的时代背景,但是当你进入细节的时候会发现,其中的人的动作、表情、谈吐,都是文学层面的。

实际上,任何时代都有热心的人、也有自私自利的人,这和政治无关,是人性的表现。小说中的尼牙孜，用当时的话说是破坏人民公社、不好好走社会主义道路、不照顾集体利益。现在就是不遵纪守法、不注重公平竞争的原则。标签可以换，但人在任何时代都存在。

行　超：非常赞同你说的，生活本身是无法摧毁的。从《组织部新来的青年人》到《布礼》，再到《这边风景》，可以说，您一直是观察生活、书写生活的作家。《这边风景》的细节描写、人物塑造等，好像有俄罗斯文学传统的影子？

王　蒙：小说《这边风景》创作的时间大致是二十世纪六十年代到七十年代，那时候我的阅读经验主要是来自现实主义的作品。当时我所倾倒和崇拜的是托尔斯泰、屠格涅夫、契诃夫、巴尔扎克这样的现实主义文学大家，阅读他们的作品让我很激动。在写作手法上注重对细节、人物形象的描绘和刻画是那个时候文学的一个特点。八十年代以后，这种特点逐渐淡化了，写作方式开始变得自由。在这种自由的环境下，我可以更多地抒发个人的倾诉、议论，敢"抡"起来了。写《这边风景》的时候我还不敢"抡"。

从文艺的政策上说，当然，八十年代以后的政策是好的，可是，具体的文学作品并不是直接用政策引导出来的，它是作者自己写出来的。因此，一个人的写作态度，是无限的自由好，还是在自由当中有所约束、有所收敛好？这是另外一个问题，跟人的精神状态和具体的年龄、经历、见闻也有关系。你现在让我再写《这边风景》这样的作品，我反倒失去了那种亲切、融合的感觉。

行　超： 小说描写了大量性格各异的人物。其中的正面人物，由于受时代的影响，有一点"高大全"的影子，比如伊力哈穆、里希提，都属于那个时代的理想人物。正面人物其实特别难写。如果今天再构思正面人物，会有什么不一样的想法吗？

王　蒙： 伊力哈穆这个人物身上是可以看得出受到当时的"三突出""高大全"这类文学思潮的影响。让我略感欣慰的是，我在构思这个人物的过程中把他性格的养成与少数民族的一些风俗习惯以及他个人的童年经历结合了起来。比如伊力哈穆小时候曾经碰碎了库图库扎尔的酥糖。如果我现在再写这样的正面人物，应该会更多地写他内心的困惑，比如，我也许会写他对现实的无奈、写他遭遇的生活的困难、家事的困难，等等。

其实伊力哈穆的身上有许多真实的东西，比如他很喜欢伊犁家乡，这在伊犁太普遍了。另外，他希望把公社搞好，希望把集体生产搞上去，他认为在共产党的领导下生活应该天天向上，这都是真实的。他的缺陷是形象相对扁平，这里其实应该多少有点困惑、障碍等。后来写他站起来时感觉好一点，因为这里表现了他的困境，他并不是一个势如破竹地从胜利走向胜利的样板戏里李玉和似的英雄人物。从纯文学的角度来说，伊力哈穆写得绝对没有库图库扎尔热闹，库图库扎尔一会儿这样，一会儿那样，他和党委书记在一块是一种情形，在会议上发言又是另一种情形。穆萨队长和他老婆马玉琴也很有意思，穆萨好好地突然脑子一热，一下子就蹦起来了，出尽了各种洋相。伊力哈穆就缺少这种个性化的东西。

行　超: 的确,好人有所不为,有所不言。坏人是满汉全席,所以坏人精彩,好人难写。好人难写似乎是文学创作中一个至今难以破解的难题。相反,一些反面人物或者说身上有弱点的人物却更完整、更复杂。通过书写他们的成长环境、经历,让读者觉得"坏"是有原因的,因此并不可恨。

王　蒙: 是的。写坏人是少禁忌的,贪婪可以写,下作可以写,阴谋可以写,狡猾可以写,善变可以写,狠毒可以写,可描写好人却有很多禁忌。在文学史上也有一些比较成功的好人的形象,但几乎都是带有悲剧色彩的。比如《悲惨世界》中的冉阿让,这显然是一个理想主义的人物,他从因为偷面包而入狱,最后变成一个圣人,一个耶稣式的完美的人。但是这些形象都是悲剧性的,我没办法给伊力哈穆一个悲剧的结局。

行　超: 小说中的女性形象也很突出。我个人觉得,您的小说中,一直存在像雪林姑丽这样的"永恒女性",她的性格从开始的懦弱逐渐成长为敢于反抗、敢于斗争。小说第 45 章中对这个人物进行了特别的描写，作者从第三人称全知视角中跳出来，对雪林姑丽这个人物做了主观评价和议论，您似乎对这个人物特别偏爱？

王　蒙：是这样的。雪林姑丽这个名字我很喜欢，在小说中还多次考证了名字的来由。另外，我还通过这个人物写了南疆，尤其是喀什地区的风土人情。小说中还有一个女性，虽然没有雪林姑丽那么抢眼，但也倾注了我的深情，就是乌尔汗。小说中写到，经历了种种生活的挫折后，伊力哈穆问乌尔汗，你现在还跳舞吗？乌尔汗听了非常震惊，好像从远处云层里打过来一束光，传来了她年轻时流行的歌曲。这是一个我很喜欢的主题，一个女孩子，年轻时那么热情、那么美丽、那么昂扬向上，结婚之后，短短几年间就被各种的琐碎的家务和岁月摧毁了，你再跟她说年轻时的事，好像是在说另一个人似的。

还有一位女性叫狄丽娜尔，在小说中嫁给了一位俄罗斯青年。小说中有一个细节是我的亲身经历，有一次我骑着自行车从伊犁往伊宁市走，结果一个特漂亮的、十四五岁的大丫头突然坐到了我车上,说:"大队长,把我带到伊犁去!"你说逗不逗?我呼哧呼哧、满身大汗地把她带到了,她突然跳下车就走了。我都不知道她是谁,也没看清她长什么样,但是我满心欢喜。人和人之间如果有一种善良的、友好的关系,就会有很多美好的体会。下放后我和农民在一起过得还挺好的,那时候虽然有很多政策,但是新疆是另一种文化。比如每年打麦子的时候,当地人绝不给牲口戴上笼嘴,汉族人看着就特不习惯。有时候,马一口把好多麦穗都咬进去了,其实根本消化不了,拉出来的全是麦粒,确实是浪费。可是维吾尔族农民说:"这是真主给它的机会,一年就能吃饱这么两三个星期。我们为什么要管它呢?"上级检查的时候,他们赶紧把铁笼嘴给马戴上,上级刚一走就拿下来了。还有,当时"社教"要在大队中建立文化室,要检查了,大队书记就给我50块钱,让我到伊宁市买点书报。我买回来一堆书报,把木匠房打扫干净、布置好,找几个回乡知识青年坐那儿看报,领导看见了,说这个地方搞得很好。领导走了没三分钟,我们就把这些东西往仓库里一收，还是原来的木匠房。

行　超： 刚才提到，爱弥拉克孜的故事多次让您"热泪盈眶"，这个人物有原型吗？

王　蒙： 这个故事是我编的，但是这样的人我确实见过。请注意，我的小说《淡灰色的眼珠》中也有位一只手的姑娘。那篇小说讲的是另外一个故事，一只手的姑娘爱莉曼爱上了马尔克木匠，但是马尔克木匠只爱一个得了重病的女子，那女子临死时还留下遗嘱，说希望你赶快跟爱莉曼结婚，马尔克木匠却坚决不跟她结婚。于是，爱莉曼一生气就嫁给了一个老裁缝、老色鬼。可见，一只手的姑娘在那个年代给我留下了很深刻的印象。

行　超： 小说中还有一个人物很有意思，就是章洋。我觉得他应该算是某种"典型人物"，有点类似《悲惨世界》中的沙威，他们本身是时代悲剧的牺牲品，而他们的偏执也在客观上促进了时代悲剧的进一步发生，使更多人成了牺牲品。章洋晚年的情节是近期加入的，他的死前遗言耐人寻味,似乎带有某种讽刺意味?

王　蒙: 这两个人物确实有相似性。章洋一直不认为他自己有错,他始终认为自己是最积极、最进步的。在那个特殊的年代,在特殊的政策背景下,这样的人屡见不鲜。我接触过很多这样的人,他们张口闭口积极进步,喜欢搞秘密的扎根串连,小说中章洋多次组织"小突袭",所谓"小突袭"就是不管好人坏人先揍一顿再说,有枣没枣打三竿子。他们的思想和语言脱离了实际,也是那个时代的特色。

行　超: 如您所说,无论政策如何,太阳照常升起,生活照样继续。小说最打动我的还有一点,就是其中呈现出的最真诚的赞美和最真诚的批评,这种真诚在今天看来特别可贵,也特别稀少。

王　蒙:《这边风景》真实地表达了我个人处在逆境、国家处在乱局的现实。然而,虽然是在逆境和在乱局之中,但它仍然表达了我对人生的肯定,对新中国的肯定,对少数民族人民,尤其是对少数民族农民的肯定。我时时刻刻地在用一种正面的东西鼓励着自己、燃烧着自己,当然,每个人的情况不一样,谁都用不着拿自己当标准来衡量别人。但是,就像我刚才所说,我有光明的底色,即使在逆境和乱局之中我仍然要求自己充满阳光,我仍然有一种对边疆、对土地、对日常生活的爱。

同时,我也看到了种种敌对的势力、种种下三滥的人物、种种愚蠢和无知、种种章洋式的夸张和伤害别人的冲动,这些东西我写起来是很沉重的。比如我写到章洋在"突袭"中几次命令伊力哈穆站起来,口气凶恶。伊力哈穆开始还想扛一下,没有站起来,最后,他终于扛不住站起来了,写到这里时我是很愤慨的。

杨义曾经跟我说,他在读我的作品时感受最深的是四个字——"刻骨铭心",他认为我的小说对新中国的人生经验包括政治经验的描写让人读了有一种刻骨铭心的感觉。当我自己40年后再看《这边风景》,尤其看到最后伊力哈穆被迫站起来的时候,我就不仅仅是刻骨铭心了,而是从刻骨铭心走向了痛心疾首。所以你说我写得很欢乐、很光明、很愉快，但正是在这种欢乐、光明、愉快当中，其实还有这么四个字——"痛心疾首"。

行　超： 我猜想，您在创作这部小说的时候可能是有意识地给自己设定了一个相对可信的、可靠的政治背景，给自己找准了对"形'左'实右"批判的时机。但这个小说最终我们看到的批判并不在于以上这些对政策的批判，它让我们看到的是对某些亘古未变的人性弱点的批判，这是穿透时代的。

王　蒙： 我还有一个看法，那个时代执行了什么政策，这个由党史来研究，我写这部小说的时候，尤其是写"小说人语"的时候，是对那个时代有批判、有怀念的。我们曾经这样设想过，虽然我们设想的并没有完全成功，但是在局部的、某一部分中却分明可以看到美好的情趣。比如说集体生活，它当然有可爱之处，就像很多参加工作不久的人怀念学生时代一样，尽管学生时代可能宿舍不好、校医室不好，但这都没有关系，他还是会怀念集体生活。小说中提到了

"工作队文化",这"工作队文化"让共产党真正深入到了全中国。从秦始皇起一直到中华民国,没有一个政权能够把工作队派到每个农民家里去,没有哪个政权能够整天组织农民学政治、贯彻文件、选队长。秦始皇做不到,汉高祖做不到,唐太宗做不到,宋太祖做不到,努尔哈赤做不到,孙中山做不到,蒋介石也做不到,所以,确实我对那个时代有一种怀念。这种怀念虽然不意味着我对当时政策的认同,但是,当时总体的政策很难一下子全否定,因为它是一个摸索的过程。

如果用现在的语言来说,"中国梦"那个时候已经在,大家希望中国富强、希望中国变成社会主义强国。毛泽东曾经以一个诗人的心情介绍一个合作社的成功经验,说吃饺子的时候全村的饺子都是一个味儿,我们现在听起来很可怕,但毛泽东兴奋得不得了。他认为他把人民组织起来了,从一个一盘散沙的国家到一个全国吃饺子一个味儿的国家,他认为取得了伟大的胜利。我们可以从政策上总结很多痛心疾首的教训,但是就像长大后怀念儿童时期一样,你的教育好不好、你的营养够不够、父母是不是经常对你体罚,这些都不重要,你不可能因为这些就不怀念童年,这里包含着一种非常复杂的怀念的感情。

行　超: "三红一创""青山保林"等新时期之前的作品更多是依赖于作家个人经验的写作,这个经验既有自己的革命经验、斗争经验,也有对政策的理解的经验。《这边风景》的独特之处在于,它是让生活说话、让自己内心的感觉说话、让文学的规律说话,小说的生活底子很厚,文学的感觉很饱满,人性的表现也很丰富、很有层次,可以说是生活的馈赠。

王　蒙: 确实是这样的。当时出版社拿到书稿时问我,是不是就像《艳阳天》似的? 我认为不是,书中写到的那些生活、那些角度、那些痛心疾首的问题,《艳阳天》里没有,《金光大道》里没有,《山乡巨变》里也没有。《山乡巨变》是尽量给农业合作化过程唱牧歌,周立波对湖南的山山水水、细妹子太有感情了,而且他是一个非常有文采的人,所以《山乡巨变》还是好读的小说。

周立波很不容易，他先用东北的语言写了《暴风骤雨》，跟之后的《山乡巨变》比起来，就像是两个人写的，《山乡巨变》中的语言是轻飘飘的。

还有一个问题，毛泽东的《在延安文艺座谈会上的讲话》，拥护、感动的人都非常多，毛主席号召和新的时代、新的群众相结合，希望作家们来一个思想改造。可是谁真的做到改造了？谁真的做到跟农民打成一片，而且是和边疆地区、民族情况最复杂地区的农民彻底打成一片？除了我恐怕没有第二个人了。

我只是讲述自己生活的回忆。回忆是中性的，没有好也没有坏。我是一个北京的左翼学生，而且是地下党员的学生，还当过多年的干部，然后突然一下子到新疆去了，跟少数民族生活在一块了，作为生活的遭遇这很好玩呀。这个是我的不可多得的经验，也是别人没有的经历，这是咱老王家的一绝。这个样本我现在找不到，也做不到了。实话实说，我现在身体也不行了。现在你把我再送到那儿，送到我劳动过的公社，叫我务农三年，肯定就嗝儿屁着凉了。

莫言 ×「低后手」，放平心

2012年10月，瑞典文学院诺贝尔奖评审委员会宣布，中国作家莫言获得该年度的诺贝尔文学奖。在颁奖典礼上，莫言以"讲故事的人"为题，生动阐述了自己的文学观与文学写作之路。讲故事的莫言，连同他笔下神秘的高密东北乡，成了中国当代文学的一段奇谈。

与大多数诺贝尔文学奖获得者不同的是，获奖之后的莫言仍然保持着高度的创作热情，甚至更加自由、开放、从心所欲。2020年，小说集《晚熟的人》出版，截至这篇访谈发生的2021年7月，这本书已经印刷了90万册，可以说是当下纯文学出版的奇迹。萨义德曾定义过作家晚期写作的两种风格：一种是趋向于宁静与圆满的"适时",另一种则是充满矛盾与不妥协精神的"晚期"。在《晚熟的人》中,"晚熟"的莫言与他独有的"晚期"风格混杂在一起,颇具意味地相互印证又相互拆解。

与莫言的访谈是在他的工作室内进行的。近年来,莫言与家人常居北京,也不时回到山东老家。这间北京的工作室更像是一个安静而宽敞的书房,书架上陈列着众多语种和版本的莫言作品,墙上则悬挂着多幅莫言的书法作品。对于今天的莫言来说,文学与书法都是重要的艺术创造,中国书法的持重、厚朴也逐渐浸染着他的美学与精神世界。言谈间,莫言式的幽默和机智让人不断感受到强烈的青春气息——这或许也是一种"晚熟"。

行 超: 从上世纪八十年代出道至今,您的小说一直深深根植于中国的本土经验,"高密东北乡"是您笔下"邮票大小的故乡",也是中国当代文学版图上一个重要的地域符号。《晚熟的人》依旧选择了讲述"高密东北乡"这片土地上的人和事,在全球化的语境之下,作为一个在全球范围内都备受关注的作家,您怎么看待文学写作的

"本土性"问题?

莫　言： 其实在写作之初，我并没有明确的故乡意识。我的第一部小说《春夜雨霏霏》发表在《莲池》杂志1981年第5期，这个小说写的是海岛上的故事。当时我觉得故乡没什么可写的，更喜欢猎奇、探险的题材，想写自己不了解的事情。写这个小说时，海岛生活对我来说是完全陌生的，只能借助工具书来了解一些海岛知识。现在看来，小说尽管写的是远离家乡的海岛，但基础还是自己的故乡生活经验。写《售棉大路》时，我开始调动自己的亲身经验。农民生产棉花、售卖棉花的生活我太熟悉了。我不仅了解棉花种植、采摘的全部过程，还在棉花加工厂做过收购棉花的司磅员，所以这篇小说写得得心应手。

1984年我考入原解放军艺术学院文学系。1985年发表了成名作《透明的红萝卜》。这个小说写到的给铁匠师傅生火、拉风箱、烧铁等，都是我的亲身经历。这之后，我写作中的故乡意识就比较明确了，我决定不再"四处游荡"，而是要回归故乡。

在小说《秋水》中，第一次出现了"高密东北乡"这几个字，小说发表在1985年的《莽原》杂志上。当时北大历史系的吴小如先生给我们授课，他讲到庄子的《马蹄》和《秋水》时，我很受启发，于是写了散文《马蹄》和小说《秋水》。《马蹄》表达了我的散文观，引起较大关注，并获得了当年的解放军文艺奖。《秋水》写一对青年男女从外地逃到高密东北乡，被洪水困在一个土山上，是一个很神秘的故事。这个小说已经包含了之后创作的《红高粱》的重要元素，比如神秘的女人、土匪、爱情、地理环境等，从《秋水》开始，到《丰乳肥臀》《生死疲劳》《蛙》，再到《晚熟的人》，我的写作都没有离开故乡。

很多年前我在北师大读硕士时，在童庆炳老师的鼓励下，写了毕业论文《超越故乡》，论述了作家与故乡，文学与童年记忆、个人生活之间的关系。故乡刚开始是封闭的，故事和人物是有原型的，比如《透明的红萝卜》《红高粱》《檀香刑》，都有原型的人物和故事。但是一个人的经验是有限的,很快就会用完,要想坚持不懈地写下去,就得扩展故乡、超越故乡。故乡是原点,要不断向外扩展,天南海北、耳濡目染、道听途说的故事都可以挪到这里来,把别人的经历转化为自己的故事,当然这需要艺术的改造。比如我在《生死疲劳》里写到,元旦前夜,高密东北乡人在灯火辉煌的高塔下,冒着纷纷扬扬的大雪,等待新年的来临。这个场景在东北乡从来没有过,是我2005年的元旦之夜,在日本札幌大通广场上亲历的场景,我把它移植到我的小说中来,大家都觉得很好,没有人质疑它的真实性。所以,虽然看起来这么多年我一直在写高密东北乡的故事,但其实,这些故事早就超越了高密东北乡。

至于文学的"本土性",我觉得这个问题是和扎根乡土、描写故乡密切相关的。前不久我为家乡的文学馆拟写了一副对联:植根乡土,小心聆听四面风雨;放眼世界,大胆挪借八方音容。一个作家如果能做到这两点,他的作品,自然就具备了丰富的"本土性"。

行　超： 诺贝尔文学奖的颁奖词说，您的写作是一种独特的"幻觉现实主义"，您早期的小说将先锋的探索精神、奇幻的想象力与深入的现实与历史洞察融合在一起，意象密集、语言浓稠，情绪大开大合。小说集《晚熟的人》收录的是您2011年之后创作的作品，从整体上看，呈现出一种更加简洁、质朴、阔达的状态，可以说是举重若轻、化繁为简。您如何理解自己写作风格的变化？

莫　言： 确实是有变化的，可能跟年龄有关系。年龄大了，一种人能够认识到自己的缺陷、不足，对别人越来越宽容；还有一种人是越老越偏激，写东西"混不吝"，比如谷崎润一郎的晚期作品就比他年轻时还要激烈，对"道德"的冒犯更严重。我应该属于第一种，写作风格越来越宽容、越来越平和。过去我在农村也受过一些委屈，但现在回头去看，都不算什么事儿。《晚熟的人》里面描写了我的儿时伙伴、左邻右舍，比如《等待摩西》中的"摩西"。这个小说我在2012年时写了一半，写到他老婆上街张贴寻人启事。2017年的一天，我突然遇到人物原型的弟弟，我问，你哥还没消息呢？他说回来了。我猛地站起来，问，这小子跑哪去了？他弟弟也不知道，人虽然回来了，但魂儿好像没了。于是我把这个本已经结尾的小说接着往下写，主要写的是他老婆。如果按照过去的写法，我会让这个女人跟这个男人拼命，但我没这样写，我写的是一个幸福女人，她红光满面，好像多年的信仰终于得到了回报。这个结局是超出我的想象的，我对这些人物没有剑拔弩张，也没有刻薄、毒辣的批评，这种宽容可能就是晚期风格的鲜明标志，这种变化对小说而言也许是好事。《红高粱》那种轰轰烈烈的写法我并不否定，但那是属于年轻人的作品，而《晚熟的人》是一个老年人写的，没那么火爆，但也许更能抵达人心。我原来以为读这本书的应该是跟我一样的老人，但没想到很多年轻人也在读并且很喜欢。

行　超： 从五四时期到现在，"知识分子还乡"的主题一直是中国乡土文学的重要话题。《晚熟的人》中的众多篇章其实也采用了"返乡"视角，或是现实层面，或是凭借记忆。其中大概包含了两个方向：一是回溯历史，二是深入当下，两者殊途同归地写出了中国农村的生存状态。您怎么理解这个文学史上的经典母题？

莫　言：小说集里有8篇是我2012年春天写的，后来陆续作了修改。《红唇绿嘴》《贼指花》《晚熟的人》《火把与口哨》是我去年春天在故乡写的，正是由于延续了"游子回故乡"的视角，所以写得很顺利。其实这个主题在我之前的一系列小说中都有反映，比如《白狗秋千架》《蛙》等，现在依然在写，主要是因为这些年故乡的变化太大了。首先是物质上的变化，农村的住宅变新了、街道变宽了、小汽车越来越多了，等等，这些是一眼可以看到的。物质越来越丰富了，过去为物质焦虑的老百姓现在不为吃饭穿衣发愁了，但是，物质财富的增长与内心的幸福并不能完全画等号，我的乡亲们、我少年时期的朋友们，他们心中还是有痛苦和忧虑的。我觉得作家应该关注这种物质富足背后的问题，要写出人们精神深处的新的焦虑和新的希望、新的追求。所以"返乡"这个主题还可以不断开发下去，乡村时刻都在发生变化，人发生了变化,小说也随着变化,可以说是"旧瓶装新酒"。

行　超: 对现实的敏感性是考验一个作家的重要坐标。乡土文学在今天面临着新的局面,《晚熟的人》《红唇绿嘴》《贼指花》等几部描写当下的作品中,塑造了多个"农村新人"形象。小说《红唇绿嘴》中写道,"新农村之所以新,当然包括新房子、新街道……但更重要的是新人",您是如何理解并塑造这种新的局面和"新人"形象的?

莫　言: 这些"新人"的确是我在这本书中比较看重的,《地主的眼神》中写到三代人,爷爷是老地主,他去世之后,儿子为他举行豪华葬礼,其实他们的父子关系并不好,儿子是借此向过去宣战,抒发自己内心的积郁。但孙子就不一样了,他觉得父亲这种行为很没意思,只是满足虚荣心而已。这个孙子是土地的爱好者,他爱种地,但他已经不是传统的农民,他爷爷、他父亲,是拿着镰刀的农民,他是开着收割机、在高处看着麦浪翻滚的农民,高度不一样了。

这就是一个现代农村新人的形象，我们当年弯着腰割麦，只能看到土地，而他们抬起头了，眼光更开阔了，他们代表了农村的未来。

《红唇绿嘴》写一个新型的农村妇女覃桂英，八十年代，我在《白狗秋千架》里写到乡村的闭塞落后，乡村妇女就像小说中的暖一样，身体残疾、没有文化，生活不如意；现在，农村妇女也有覃桂英这样的。她的见识、智慧是高于大多数农民的，她本来有光辉的前途，但因为偶然事件，命运急转直下，以至于变成了一个不安分的、想把自己丢失的机会捞回来的、始终保持着战斗精神的人。她的典型意义在于突破了农村，城市里何尝没有这样的人呢？这种人本身是悲剧，但常以喜剧的面貌出现。覃桂英这个人物颠覆了过去小说中的农村妇女形象，她让我们重新认识农村，现在的农村和城市已经通过网络连接在一起了，不能用过去保守、封闭的眼光看待农村和农村人。

《晚熟的人》写我的童年伙伴，他小时候常常"装傻"，农村有很多这样的人，在特殊的历史时期，他们感觉依靠个体的力量无法与集体抗争，就选择了用消极的方式对抗。后来社会发展了，他们一跃而起，抓住机会发家致富，做成了很多聪明人都做不成的事。当然，我在小说中对这些人也不是赞美，而是一种展示，他们的成功可能包含着巨大的危险。我也想借这个人物表达一种对当下网络文化的讽刺，小说看起来写的是武术比赛，其实也是写现在很多人的心理，他们强行给简单的事情赋予不具备的意义，这种霸道的思维方式是不正常的。所以，这个小说不仅写的是农村和农村人，更是当下的整个社会现实。

行　超： 中国似乎是一个"早慧"的民族，我们的文化一直推崇"早熟"，乐见"少年老成"。小说《晚熟的人》中写到，"有的人，小时胆小，后来胆越来越大；有的人，少时胆大，长大后胆越来越小。这就是早熟和晚熟的区别。"作为书名，"晚熟的人"像是一种隐喻。您是晚熟的人吗？

莫　言： 我想我是晚熟的。晚熟不是坏现象，早熟很容易造成早衰。突然爆发的东西往往会很快消失,缓慢发展的反而寿命会比较长,这是自然现象。当然,我们讨论的"晚熟"主要是心智。我们现在的教育,很多家长都急于求成,恨不得孩子小学就学完大学的课程,这种追求是病态的、是强迫症的,而且效果不一定好。在文学创作中,我们也见过很多少年天才,但最后能写出伟大作品的确实不太多。说到底,文学是人学,文学是盯着人来写的,无论是写战争还是写瘟疫,写婚礼还是写葬礼,最终都是写人的内心,你可以像西方作家那样直抒胸臆,也可以用中国的白描,但都应该建立在对人的洞察之上。怎么洞察,就跟个人的经历有关系。我觉得生来锦衣玉食的人很难做到这一点,曹雪芹如果不是家道中落,就没有《红楼梦》;鲁迅如果不是因为祖父受科场案件牵连导致家道败落,他的小说也不会那么深刻;蒲松龄如果不是科举失意,《聊斋志异》就不存在了。

行 超: 小说集中收录的第一篇小说《左镰》写"铁匠",您之前在《透明的红萝卜》《生死疲劳》等作品中都写到过铁匠与打铁的场景。"最柔软的和最坚硬的，最冷的和最热的，最残酷的和最温柔的，混合在一起，像一首激昂高亢又婉转低回的音乐"，打铁的场景很动人，也很有力量。在我看来，这也恰恰构成了您小说不变的内核，那就是发现与歌颂一种来自民间的、来自人民内部的蓬勃的热情和生命力。为什么一直对这个场景情有独钟？

莫　言： 主要还是因为我的两段做铁匠的经历，我小时候曾在修建桥梁的工地上给铁匠拉过风箱，后来又在棉花加工厂打过铁，我因此写出了《透明的红萝卜》这篇小说，可以说是铁匠经历带来的丰厚回报。

童年的我对打铁是很向往的，觉得铁匠特别了不起。我记得小时候每逢有人打铁，周围就站满了孩子，打铁时轰轰烈烈、金花四溅的场面，对我们很有吸引力，好像随着钢铁的打击，我们的血压也都呼呼上升。铁匠和一般的农民不一样，他们身上有一种工人阶级硬骨头的感觉，他们身上发达的肌肉、他们汗流浃背的样子，包括他们的饭量，都是一种力量的展现。同时，铁匠是工匠的一种，你要趁热打铁，要把握火候，既要有力量，又要有对事物的准确判断。我在棉花加工厂的时候，跟着一个姓张的老师傅学打铁，年轻人往往喜欢花架子、大动作，这是不对的，张师父教我要"低后手"，要打准部位，不要有太大的动作，一下是一下。这段经历对我的影响很大，使我感受到了最热烈、最灿烂、最辉煌的劳动场面，感受到了劳动创造财富、改造自然的力量。

行　超：《晚熟的人》中贯穿着一个若即若离、似有似无的叙述者"莫言"，在长篇小说《酒国》《生死疲劳》中，您也曾使用"莫言"这个特殊的人物和视角。小说中的"莫言"虽然是一个虚构人物，但同时又受到你的现实处境的影响，因而具有一定的非虚构特征。您怎么看待小说内外两个"莫言"的关系？

莫　言：这是小说叙事当中一个比较独特的视角。这个视角有点类似东北二人转，我们看到二人转演员经常跳进跳出，一会儿是台上的人物，一会儿跳出来变成演员，一会儿又从舞台跳出来，跟观众沟通，台上台下、剧里剧外、人物演员全面沟通。当然这也不是二人转的发明，古代的参军戏也是类似的形式。这个视角的好处是能给读者造成一种假象，仿佛讲的是作家自己的故事，但实际上在写作过程中，这个"莫言"是小说人物，很多故事是可以虚构的，在情感体验上，小说中的"莫言"是建立在真实的我的基础上的，这就带来了一种写作的自由，由"我"的故事开始，写着写着，"我"渐渐虚化，独立出去，成了一个小说人物。

行 超： 获得诺贝尔文学奖之后，除了继续写小说，您还创作了戏剧剧本《锦衣》《高粱酒》、诗歌《高速公路上的外星人》《雨中漫步的猛虎》、笔记体小说《一斗阁笔记》、诗体小说《饺子歌》，等等，可以说是无远弗届，完全打破了文体的限制。如今对您来说，"文体"意味着什么？

莫 言： 我最近几年确实做了大量的文体实验，包括旧体诗、戏曲等。当然，我之前就写过话剧剧本，也写过自由诗、散文，我觉得这是一个作家寻求改变的方式。作家想要改变，就要向戏曲家、曲艺家学习，学习其他艺术品种能让作家获得新的灵感。近几年我频繁地进行文体尝试，就是为了让我未来的小说发生某种变化，为了使自己的小说包含诗歌的、戏曲的元素。我最近在看《吴小如戏曲文集全编》，想到当年吴老师在军艺给我们讲课时说到，他之所以学唱戏，是因为他要搞戏曲评论，他认为要真正成为戏曲评论的行家就必须懂戏，而要真正懂戏就必须学演戏。这个经验我觉得对作家也很有益。我为什么写诗，就是为了更好地欣赏诗歌，以前很多诗歌我看不懂，后来通过写，虽然写得不够好，但有一个巨大的进步，就是能看懂别人的诗了。要想真正理解旧体诗的妙处，就应该学会写格律诗，你要了解平仄变化，知道其中的禁忌和变革，回头再读那些伟大的诗篇，才能真正感受到它的美。写毛笔字也是这样，我觉得不会写毛笔字就很难理解李白、杜甫，很难理解曹雪芹、蒲松龄，他们的书写工具和方法是与他们的作品有关系的，你只有拿起毛笔，才能体会到古人写作时的心境。

有人说我得诺奖之后,是从一个讲故事的人向一个文人转变,这一点我很认同。我过去满足于自己是个讲故事的人,现在我觉得要变成文人,应该能写旧体诗词,应该粗通笔墨,略知训诂,应该能够编剧写戏,了解中国戏曲的历史和演变。

行 超: 我注意到,前段时间您在一次活动中讲到"塞万提斯的启示",其中最重要的就是:"要想写出能反映时代本质并超越时代的作品,作家应该尽可能地拓展自己的生活体验,更多地深入社会底层,与普通人感同身受。"小说《表弟宁赛叶》里,也借作家之口说:"文学是人民的文学,谁也不能垄断。"可否展开谈谈,您如何理解文学创作与人民的关系?

莫 言: 作家首先应该是人民的一分子,不要高高在上,这也是我一直以来的观点。我希望能用自己的笔心平气和地写出我熟悉的人,所有的褒贬、爱憎都在人物中体现。如果我的人物让大家认同,让大家看到了自己和身边的人,那我的人物就完成了。

我觉得作家要作为老百姓写作，而不仅是为老百姓写作，为老百姓写作，还是让自己站在了比较高的位置上，作为老百姓写作，是跟老百姓平起平坐，这样体验性更强一点。作家要有责任感、使命感，但不能认为你比生活、比老百姓高明，尤其不能扮演老百姓的代言人的形象。这就要求作家放低身段，要用自己的话，说出老百姓内心的、情感深处的奥秘来，就像打铁一样，"低后手"，放平心，跟老百姓打成一片。

王安忆 × 弃"文"归"朴"

王安忆是我最敬重的中国当代作家之一,这种敬重既出于长久以来对其文字的青睐,更源自她一贯特立独行的写作姿态。王安忆是无法被简单归类的。二十世纪八十年代,她创作了《雨,沙沙沙》《小鲍庄》《本次列车终点》、"三恋"等具有"伤痕"或"寻根"色彩的作品;此后,《长恨歌》《天香》等描写日常生活尤其是上海旖旎风姿的作品,获得了读者和文学界的青睐,也让她成为最受关注的中国当代作家之一。不断地阅读、思考与多维度写作,让王安忆多年持续保持着高水准的创作力。与上述作品不同的是,《纪实与虚构》《启蒙时代》《匿名》等长篇小说则明显走向抽象,更多承载着作家的深刻哲思——就我的观察,王安忆这样对文学理论、逻辑和思想性的明确追求，在中国当代作家中并不多见。

或许，一千个读者眼中会有一千个王安忆。有人说她是伤痕文学的代表，有人说她是海派作家，还有很多人从她的作品中读出了女性主义的意识……这些看法，在某一阶段或某部作品面前似乎都有些道理，却显然并不足以概括王安忆作为一个作家的复杂和多元。

正是这种复杂与难以归纳，让采访王安忆变成了一项压力巨大的工作。首先要面对大量她不同时代、风格迥异的作品。在这一漫长的重读过程中，王安忆小说中穿越时空的细节与文字力道不断地浮现出来——尽管她自言《长恨歌》并不是自己最钟爱的作品，但是，当我再次读到王琦瑶打开行李箱，里面塞满了多年前为女儿准备的嫁妆时，依然不由得落泪。

另外，在我心中，王安忆是极为严肃的作家。待人接物、教书育人，尤其是对待写作、对待文学，她从来都是一丝不苟。这种严肃多少对立于这个娱乐与消费的时代，但也正因如此而显得特别、显得珍贵，甚至让人敬畏。2018年，长篇小说《考工记》出版后，我以电子邮件的形式采访了王安忆老师。恰如这部作品一般，王安忆删繁就简，却字字珠玑。

行　超：《考工记》被认为是《长恨歌》的姐妹篇。虽然同样是以一个人物的命运勾勒一段上海历史，但是，《长恨歌》中浓烈的抒情色彩在您此后的作品再少见到，到《考工记》时已经接近于白描；《长恨歌》里王琦瑶的命运某种程度上是被几个男人所改变的，而在《考工记》里，陈书玉孑然一身，他的命运更多是被裹挟在历史的漩涡中。两部作品相隔20余年，于你个人而言，这中间最大的不同是什么？

王安忆：评论作品的事，还是交给评论者，自己只能说写作时候的具体处境。《长恨歌》写于1994年，距《考工记》写成的2018年相隔整整二十四年时间，无论对叙事还是语言，都有很大的变化。倘若二十四年前写《考工记》，篇幅一定不会在十五万字结束，《长恨歌》在今天写，也不会写到二十七万字。然而，换一换的话，当年不会写《考工记》，现在呢，也不会写《长恨歌》，这就叫机缘吧！写《长恨歌》的时候，文字追求旖丽繁复，所以才能写"弄堂""流言"等那么多字，还不进入故事，之后，文字不断精简，精简到《考工记》，恨不能一个字当一句话用，弃"文"归"朴"，对汉语言的认识在加深，我想，这大约是两者的最大不同吧！

行　超：《匿名》之后，陈思和老师说"王安忆的小说越来越抽象，几乎摆脱了文学故事的元素，与其说是讲述故事还不如说是在议论故事"。而《考工记》又回到了之前那种比较写实的、以人物带故事的叙事方式。小说读起来有一种举重若轻、化繁为简的力量，我甚至觉得，这样的人物和故事对于您来说，简直信手拈来。这部小说的写作过程，也像它看起来一样轻松吗？

王安忆：多年以来，"具象"和"抽象"似乎交替上演，比如，《流水三十章》之后写了《米尼》；《纪实与虚构》之后写了《长恨歌》——记得那时候，陈思和谈到《纪实与虚构》，也说到"抽象"的问题，我说，具象的小说我也会写，正在写，那就是《长恨歌》；然后是《富萍》等一串叙事性小说，终至写到《启蒙时代》，野心又来了，企图为时代画像；接下来，《天香》，再回到具象；然后，《匿名》，在某种程度上，也是受了陈思和的激励，他让我放弃阅读性，不要怕写得难看，举托马斯·曼《魔山》的例子，意思是有一些小说就不是为大众读的……我觉得这样的激将是很有好处的，它扩充了"小说"这种文类，让我尝试叙事的边界，我和陈思和，可以说是作者和批评者之间最良性的关系，也是八十年代流传下来的遗韵，对于一个作者的写作生涯，足够用了。

行　超： 我注意到，您在《长恨歌》《匿名》《天香》等作品中反复提到"大风起于青萍之末"。事实上，这似乎也是您小说写作的一个特点。从细微之处着手进入，牵扯出庞然大物般的思想或情感表达。这是不是代表了您的一种文学观？

王安忆： "大风起于青萍之末"，可能是对事物的看法，至于叙事，倒不尽然，毕竟是有预期和设计的，工作在于怎样入径，直至达到目的。入径的方式各有不同，《长恨歌》其实是大处着手，从全景推到细部；《天香》也是从背景到前景；《匿名》不同些，断裂处起头；《考工记》是沿着人物一路写去，比较老实规矩，但自觉沉着大方。情况就是这样。

行　超： 您好像对方言很有热情？比如沪语，似乎一直是您小说存在的背景、依托，还有《红豆生南国》里的广东话、《乡关处处》里的绍兴话……在今天，普通话的通行，让方言变成了某种语言"化石"。但您又好像对类似《繁花》那种方言写作并不感兴趣？在您看来，方言的存在除了语言层面的意义，还有什么特殊的价值？

王安忆： 我从来不用沪语写作，一方面是我们必须服从书面语的规定，另一方面也是我对沪语的评价不高，我也不觉得《繁花》是用沪语写作的，方言是个博大精深的词库，可惜我们不得不接受书面语的现实，但是，方言可以将普通话的格式破局，打开一个新天地。语言既来自看世界的方式，又反过来创造看世界的方式，方言可提供资源，但如何与现代汉语变通，是费思量的事情。

行　超： 因为对上海以及上海人生活的深入书写，您被认为是当代"海派作家"的代表。不过，与以"新感觉派"为代表的"海派作家"相比，除了对世俗生活的细致摹写外，您的小说其实更追求的是精神性与思想性的表达，用张新颖老师的话说就是"世俗人生中的庄严"。

王安忆： 我觉得"海派文学"是个伪命题，从根源上说，"海派"相对于"京派"，是以批评的方式提出，"新感觉派"则是一个极狭义的概念，到今天，则变成时尚，从哪一点论，我都不属于其中，似乎也看不到"海派"有什么切实的内容，所以，我既不承认我是"海派作家"，也不认为有"海派文学"这一门类。

行　超： 中国当代女作家中，像您这样对理论、逻辑和思想性有明确追求的，其实为数很少。实际上，就您的作品来说，读者与文学界更接受的还是《长恨歌》这样具有世情小说特点的作品，而像《匿名》《纪实与虚构》《启蒙时代》这样偏重思想和抽象的作品，反而没有得到足够的重视。您怎么看待这个现象？

王安忆： 不能以性别论吧，还是个体的特质，有许多女性在理论研究领域获得重要位置，并且辨析都很严谨，风格也锐利。谈到小说，因是叙事的艺术，受众更倾向具象的生动性质。但也有意料之外的情形，在我出版的书里，《匿名》的销售颇不错，大约和读者受教育程度提高有关，也见出小说的读者在更新换代。

行　超：很多作家的写作凭借的是才情和感受力，有自觉、明确的美学追求，并且能够完整阐释自己文学观的作家其实并不多。二十世纪九十年代，您曾提出小说的"四不"原则，即：不要特殊环境特殊人物、不要材料太多、不要语言的风格化、不要独特性。今天，对于小说写作有什么新的想法？

王安忆：相反，我兴趣更在传统，即小说的起源，这其实是我们之所以要读小说写小说的动因，也是小说安身立命所在。"四不原则"是方法，至今不变。新东西的产生需要几代人的实践，不是那么快就下一个蛋，有句俗话：六十年风水轮流转，运势的周期至少要六十年，莫说是艺术这种虚无的存在，文艺复兴多少年？十四世纪到十六世纪，还没算上前因和后果。

行　超： 您是出了名的拥有巨大阅读量的作家。对于当下文学创作的第一现场、青年作家的写作，您也保持着跟踪式的阅读和关注。可否请您谈谈对于当下中国文学的整体看法？

王安忆： 我只是喜欢读书，所以才会写小说，我读书并不求有用，纯出于兴趣，这是自小养成的习惯，似乎有两种现实，一是正在其中度过的现实，另一个是虚拟的文字的世界。对于中国当代文学的看法只能是一己之见，我觉得九十年代直至 2000 年是黄金周期，这一时期的文学完全不输给世界文学，事实上，世界文学已经走在下坡路，中国文学，主要是小说，因为有特殊的个人经验，生机勃勃，但 2000 年以后有了变化，原因很多，现在大家习惯归罪于"市场"，我倒不这么看，"市场"本来是个好东西，它一定程度上反映了写作和阅读的关系，将象牙塔里的思想劳动引入活跃的生活领域。问题在于是不是真正的成熟的市场，而不被计划经济干预，也不要被国际奖项干预，总之，不要被外在因素干预，这些因素都在分解写作的力量。

你生在哪里，就决定了你 × 贾平凹

文学界不少朋友都曾去过贾平凹的书房，这是一个传说中神秘的存在。2018年，在《十月》杂志创刊40周年之际，应杂志社邀请，我与时任编辑部主任季亚娅一起前往西安，走进了贾平凹的书房。踏入这里，立刻感受到一股"气"，让人不由得屏息凝神。房间内堆满了书房主人从全国各地收集而来的各种古物，石像、石雕、木刻、字画……密密麻麻、层层叠叠地堆满了整个空间。在这种来自远古的特殊压迫感中，我们几乎寸步难行，而贾平凹却将这里视作自己最舒适的领域，他说他最喜欢在书房休息，抚着床榻上的石像入睡，仿佛能给自己带来一种力量。

书房门口有一副贾老自己绘制的"门神"，上书：

"我家主人在写书,勿扰"。宽大的书桌四周围绕着各式佛像,厚实古朴,甚至略显沉重。可以想象,写作中的贾平凹就是埋首其间,在它们的注视下妙笔生花。或许他正是这样特殊的气场,让贾平凹创造出一个集传统与现代、文明与落后于一体的文学世界。

在这个奇妙的空间中,我与贾平凹完成了一次长谈。结束后他带我们去楼下吃了一顿正宗的羊肉泡馍。在我所有的记忆中,这应该是最为"陕西"的一天。

行　超: 从二十世纪七十年代初到现在,您的文学创作已经走过了四十多年的时间。四十年是一个特别漫长的过程,在这四十年当中,许多年龄相仿的作家都沉寂了,但是您却一直保持着稳定的写作速度和质量。这种坚韧的勇气和持久的生命力从何而来?

贾平凹: 时间过得特别快,一晃从业已经40年。40年来,很多人说我是一个老作家了,一直在写。我上一次在中央电视台的《朗读者》说过这个话,他们也有提出类似这个问题,不是说自己怎么样,只是写作成了自己的生活方式,是生命的表达形态。之所以还能写，是自己老觉得写不好，所以就一直写。举个例子，在我老家，小时候我就见过有一家邻居，女孩特别多，两口子就想生一个男孩，但生一个是女孩，再生一个还是女孩，一直生了六个女孩，最后年龄大了，终于生了一个男孩。创作也是这样。写一部作品觉得不满意，就还要再写一个能让自己满意的作品。就是这种意念、这种欲望，不经意让我写下去了。但具体有没有那么多东西可写？好多人也问过这个问题，我认为一方面是作为一个作家，他对中国社会一定要永远都有新鲜感，要观察这个社会、研究这个社会，而且要参与到社会中去，有了这种新鲜感，就永远不会和社会脱离。每个人都在社会上生活，但作为一个作家，时间长了以后容易流失才华，创作就像种庄稼一样，投进去半截，如果在创作里老是重复自己，或者觉得没有什么东西写，那在某种程度上，就是和社会脱节。整天在自己的书房里写作，社会上发生的事情都不太了解。我觉得自己的创作来源主要是老家和西安市，就是这两个地方。我更多写的是老家的事，虽然常年生活在城市，对于农村发生的任何事都了解，我和农村那一块土地的关系从来没有割断，我的亲戚、家人、朋友都在乡下，我常回去，他们也常到我这来，从来没有割断过联系。每一年，为了把握中国发展，我都要到北京、上海、广州等目前最先进、最富裕或者说最时尚的地方去看一看，感受一下，但大量时间还是跑去边远的、贫困的、封闭的乡下去看。我觉得如果你生活在北京、上海、广州等大城市里，吃宴席、住宾馆、整天开会，过这种日子，你会觉得中国不仅仅是小康，而且是很富强的一个国家，但如果你去乡下偏远的地方看看，就会觉得很沮丧，觉得这日子该怎么过？如果局限于一个地方，就不能完全把握中国，所以说有意识的"跑两头"，才能整个把握中国社会目前是什么样，目前的发展趋势是什么样。对一个社会多观察、多研究，社会的发展趋势你才能把握住，作品才有可能有它的前驱性、预见性，才可能永远都觉得有东西来写。

行　超： 从题材上看，您的创作有一条比较清晰的路径，就像您刚才说的，基本上是老家和西安两部分。从早期书写农村现实的"商州系列"到以《废都》为代表的城市／城乡题材(《高兴》《浮躁》);而《秦腔》以后直到最近的《山本》,又基本回归了乡土叙事。其中的转变和探索,您是怎么考虑的?

贾平凹:我的整个写作就是写中国一百年内发生的事,一会儿写到后面,一会儿写到前面,一会儿写到前面,一会儿又写到后面,穿插着写,不是有意的。这个是在某一个时段里,自己考虑了什么、研究了什么,兴起了就写,但怎么也逃不过这一百年,这一百年的情况大部分是我参与过的,还有一部分是我听到的,上辈人给我讲的故事,超过这个范围我就再也不能写了,更远的年份我不能写,很多作家写到古代的、穿越的故事,可能我的能力达不到,我写不了那个东西。我写的都是我知道的,或者我听到的,或者我遇过的、经历过的。我小时候在农村,当年还没进城时生活在乡下,生活在乡下并不是因为乡下这个地方有多好,那时候我不认识它的好处,也不认识它的坏处,后来到城里以后,回过头看乡下,就有另一种认识,我从城里又回到乡下，回头再看城市，又是另一种认识。所以我经常讲，中国的小说一直是精英视角，站得太高，后来我站在老家，站在我们的村里来看西安、看中国发生的事，视角就变了，就这样来交替地认识。在这个时期写这个东西，在那个时期写那个东西，都是在具体的时期自己对一些问题的感想，需要把它表现出来，就这样一步一步走过来了。一个作家首先要对现实生活，对中国社会有一些研究，对笔、数、字这三者要有新鲜感，长时间不写，就懒了，生疏了。

行　超： 我们看到的最新小说《山本》是一个特别厚重的作品，可以算是集大成之作。这部小说涵盖了您多年来在不同作品中曾探讨的很多问题，比如对历史与时代（《古炉》《老生》），对地方文化（《老生》《秦腔》），以及对命运与宿命（《废都》）等问题的思考。这部作品对您的整个创作生涯而言，有什么特殊的意义吗？

贾平凹： 这是长期思考行为的累积，有些题材的书你的想法不能完全地写进去，因为题材有限。写

《山本》的时候，我也60岁多了，它把我一生思考的关于人生、命运或者我对中国秦岭一带所知道的、有兴趣的东西都努力放进去了。我觉得一部小说，它不仅仅是你在里面批判了什么东西，或者歌颂了什么东西，现在有一个潮流，好像作品深不深刻，就是看它里面有多少批判。但拿我自己的阅读经验来说，我这一生阅读的小说，除了看内容和写法，更多的是看这本小说到底给我传达了什么，给我的认识上增加了什么、提高了什么，给了我多少的智慧，我读小说，都是吸收他人的智慧，以及人在生活过程中所遇到的开窍的东西。《山本》这部小说，就是把自己的所思所想写出来，不是别人的观念，不是别人的哲理，完全是我自己体会的人生的东西，我想把它们都写进去。它题材比较大，故事比较长，就可以把很多东西容纳进去。

行 超：多年来，为故乡立传似乎一直是您的心愿。《山本》写了一段特殊的历史时期，写了很多性格各异的人物，但如果说这个小说的只有一个主人公，那么它只能是秦岭。在书的后记里写到，这本书原来叫《秦岭志》。记得《老生》中您曾说"我有使命不敢怠"，写完《山本》，这种使命感所带来的焦虑缓解了吗？

贾平凹： 在每一次写作中，自己要给自己鼓劲，别人是不能给你鼓劲的。写作的过程很漫长，你需要两三年、三四年独自面对这本书稿，所以写作过程中我喜欢不停地给自己鼓劲，不停地给自己写一些东西，挂在书房里，自己写得很得意的时候，或者自己写得不得意、写不下去的时候，对自己的能力或者是对这部小说产生怀疑时，自己就跑到二楼，用书法写很多东西来激励自己。你说的"我有使命不敢怠"，也是我在这种情况下给自己写的。《山本》这本书的扉页上还有一首诗，也是写作过程中我用来给自己鼓劲的东西。创作的时间很漫长，特别辛苦，但里面也特别有乐趣。

行　超： 在对故乡的书写，尤其是对于秦岭的书写这方面，这本书是不是算是总结性的？之后准备写什么呢？

贾平凹：原来写的是老家，我们老家就是秦岭，原来的意识是局限在商洛，后来我想扩大，一扩大就是中国秦岭，我从小就在秦岭生活，对秦岭很熟悉，平常的故事虽然也是和秦岭有关，但没有直接写过秦岭的更多东西。《山本》的题材比较宏大，各方面的东西都会涉及，可以说对于乡土的东西，乡下农村的写作，《山本》写得比较充分，涉及的东西特别多。写完以后，很多人说是不是以后再写这方面的时候没得写了？我说以后可以再写城市，因为其实我在城市生活的时间要比在老家待的时间长得多，我在乡下一共待过十九年，十九岁就到西安了，而在西安已经四十多年了，应该给城市写点东西。但小时候的十九年很厉害，你生在哪儿，就决定了你，你对那特别熟悉，那个熟悉是深入骨髓血液的。在城市的这四十年，你算是熟悉它、了解它，但你了解的范围其实特别窄，表现一个城市应该有管理层、有工业层、有科技金融，等等，是多个线条的。我自己熟悉的就是像我这一类人，对文艺界、文化界、文人这个圈子的事特别熟悉，而别的，像金融界、管理层、科技产业、服务业这方面就特别陌生，就算了解也是皮面上的事，所以这么长时间我一直是城市生活写得少。《高兴》基本写的都是从乡下到城市的人，这个我是熟悉的，《废都》也是以乡下为话题，这我是熟悉的。

行　超： 像您说的，你生在哪里，就决定了你。毫无疑问，陕西的地方文化和民间生活给您的写作带来了非常重要的动力和滋养。《定西笔记》里曾细致记载了"行走"与"写作"的关系。就语言层面而言，陕西方言对您的小说也有非常重要的影响。实际上，方言不仅是一种语言，可能更是思维方式和某种世界观。此外，陕西地方的文化，包括饮食文化、民间艺术，等等，在您的作品中都有所体现。这方方面面的影响是怎么一点点深入到写作当中的？

贾平凹： 我觉得陕西是很神奇的地方，有十三代王朝在这建国都，它的文化积淀特别深，在中国如果是地下的就是陕西的，如果是地上的就是山西的。我书房里收藏的东西，都是唐以前的，很少有明清的，清以后的东西是民族比较衰微时的，唐以前的，虽然现在看来就是一个陶罐、石角，但它透露着一种特别霸气的感觉。我一直强调文学作品要有现代性，更要有传统性和民间性，我的很多作品灵感都是从收藏里吸取的。中国人的审美形成以后，收藏是按这个审美来的，写作也是按照这个审美。我收藏不是从经济价值的角度来考虑，而是我觉得好玩、有意思，觉得是我将来能用，或者说对我有启发，虽然不能直接用，但对我的审美有作用，这些我都喜欢收藏。陕西有很多"邪"的，具有民俗特色的东西，这些只是其中的一个例子。

说到方言，很多人说我的作品里有地方方言，我在很多地方都强调，我的方言不叫方言，陕西过去是王朝的地方，有十几个王朝在这建都，后来随着政治、经济、文化中心北移、南移、东移以后，这里慢慢衰败了，衰败之后把很多上古的语言散落在民间，慢慢变成最"土"的东西，成了"方言"。举个例子，用普通话来讲是"把孩子抱起来"，"把孩子抱好"，但陕西话不说"抱"，而是说"携"，说"你把孩子携好"，现在的人不了解，以为这是方言，其实这是古味,你可以感受到这种语言里面的意义。还有,普通话说"滚开",陕西话说的是"撒远",我曾经收集过好多这样的词,专门写过长文章来研究,这里面有很多有意思的、吸引我的话题。还有秦岭,秦岭里面的怪人、怪动物、怪树木、怪草木太多了,我看《山海经》,里面也有很多奇奇怪怪的动物,实际上你冷静一想,现在好多动物还是那个样子。我经常想,为什么有多种多样形状的动物,就像人一样,为什么人和人都不一样,现实生活中你也能看到很多人长得驴脸,长得是狗耳朵,看着好多动物长得也是人的面。我觉得研究这个特别有意思,很想好好把秦岭的动物、植物、草和别的地方不一样的写写,《山本》里有涉及一部分。

在收集这个的过程中,我还收集了很多二三十年代的故事,我听上辈人讲过老家的一些游击队的故事,我的姨夫就是游击队的头儿,最早的司令就是我邻居。所以说,陕南游击队基本就是我村子周围这些人,就是上一辈人,我虽然没有见过那些人,但是从小就听那些故事,这后来就写成了《山本》。陕西的服装、陕西的民歌都是特别丰富的，还有陕西的戏曲，在我理解中，文化发达的时候才会形成戏曲，有民歌的地方都是比较偏远落后的地方。因为戏曲都是从民歌、民谣基础上建立起来的，现在陕南、陕北还有民歌，就是因为这里当时还比较落后一点，还没有形成戏曲，但是陕南和陕北的民歌目前在中国或者是世界上都是特别有名的。民歌的旋律跟语言的节奏是有关系的，为了训练我的语言，我曾经拿工业图纸，把好听的民歌旋律写下来。我把工业纸标上1234567，我觉得这一句特别好听，就标上个线条。在这过程中我发现，把陕北那些民歌的旋律标出来以后，它的起伏和陕北的山是一样的，把陕南的民歌标出来以后，和陕南的山是一样的。这就是说，哪里的山水和哪里的民歌是一样的，这一点让我大受启发。所以你在一个地方，只要用心，就会发现传统的东西特别多，它虽然看起来比较"旧"，但是与现代的精神是相通的。

我在几次会议上都反复在强调现代性，我认为现在写作品如果完全没有现代的东西，那就毫无价值，就没有必要写了。但是为什么在外界的印象中，我好像是很传统的，实际就是因为我生在这个地方，平常接触的东西都是这里的。但是，在作品的境界上、内容上、价值上、观念上，我认为一定要体现"现代"。所谓的现代就是人们的意识，就是大多数人都在想什么，作家一定要把握这个东西。但同时，在表现方式上，作家又需要本地化。

行　超：确实，其实方言或者地方文化，它可能不是很显在地影响到创作，但是就像您的书房一样，我们在这里就特别能理解您小说中的那种神秘、那种雾气一样的东西。我常常在您的小说中读出各种各样的矛盾，或者说是相互平衡的力量。比如丰沛的细节所带来的"实感"与一种巨大的幻灭感、神秘主义所带来的"虚"；比如对于民间文化深沉的爱与推崇，但同时对于其中的粗鄙和残忍又有深刻的批判；比如中国传统的文人意识与现代主义手法、现代意识的交融……您在写作时有没有感受到这种种冲突？

贾平凹： 我先给你说背景，因为我老家在商洛地区，它其实是秦文化和楚文化交接的地方，我看到一篇文章就说，楚文化的源头实际上是丹江这个地方，而我就在丹江。我生在这个地方，感受这种文化，它有儒家、道家、秦文化、楚文化，它和陕西关中一带的文化还是不一样的。很多人批评我的小说装神弄鬼，不是我装神弄鬼，而是我小时候生活的环境就是那个样子，小时候我村里就有寺塔、寺院，只有族长，没有医生，谁有病就去作法，最多是放个血，喝个姜汤，捂出汗。我记得我小时候我妈经常拿擀面杖给我作法驱神。再一个，我老家有一个叫商於古道，也就是从我老家一直到河南交界的地方，一共是六百里，那里一直都有驿站，我们老家就是个驿站，棣花镇，原来叫棣花一驿。历史上那些名人，实际上翻过秦岭以后，都要到我们这里住一晚上，李白、杜甫、白居易、韩愈、苏东坡，这些名人都在那儿写过诗。在这样的环境中成长，我也一定是受到了影响的。这就像你当警察时间长了以后，身上就有一种杀气，干领导几十年以后，身上就有官气了。

行　超：您小说中的民间立场、叙事方式，包括刚才说的小时候的环境，以及那种"白茫茫一片真干净"的幻灭感与美学追求，都是对中国古典小说的重要承继。中国当代文学在经历了二十世纪八十年代的现代主义洗礼之后，很多作家从写法到审美都更倾向于西方文学，您怎么看待中国传统文学对于当下创作的价值和意义？

贾平凹：西安是一个文化古城，西安藏龙卧虎，各个方面的高人特别多，收藏界、书法界、绘画界、音乐界，什么人都有。所以只要你有心，就能找到很多滋养。我八十年代搞创作的时候，当时西方的现代派传进来，我其实做了大量的工作。西安这个地方，宗教也特别厉害，很多佛教的祖宗都在西安，道教佛教特别盛行，我当时把话剧和戏曲作比较，把油画和水墨画进行比较，把中医和西医作比较，寻资料来对照，寻它里面到底有什么不同，寻东方人和西方人的思维为什么不同，它对整个世界、整个自然的看法和判断是怎么不一样，从那以后，我就坚持在写法上、形式上还是偏向中国的。但是从境界价值上，我觉得咱还是要学习人家，不一定要学习它的表现形式，我也可以用我的表现形式来表现这个东西，毕竟是中国人要写中国东西，不能说我是个中国人老写外国人的东西，那你永远写不过人家。

我四十岁的时候写过一篇文章，说云层上都是阳光，那是我第一次坐飞机的感受。没有坐过飞机之前，觉得天上就是有云，上了飞机以后才觉得上面全部是阳光，云层是在下面的。后来我就醒悟了，我说文学作品一定要通到有阳光的地方。不管东方西方，它上面都是阳光。虽然这个云团在下雨，那个云团在下冰雹，还有个云团在刮风，每一个云团下面都是一个国家、一个民族的人，但只要你的作品是阳光就能穿过这个云团，如果能想到这个上面，那大家都是一样的，面对的都会是阳光。作家首先一定要想到这个层面，但是具体写的时候，你可以写你这个地方的云怎么在下雨，也用不着跑到其他的云下面看它怎么落冰雹。所以说在境界上，一定要想到云层上面的事情，你想到的都是大同的，是普遍性，而具体写的又是特殊性，只要把这个写好，大家肯定对作品都会有同感。

当然,对于改革开放以后,可以说新时期文学以后,中国作家没有哪一个是不受西方影响的,但是怎么个受影响法,怎么个运用法,又是另一个问题。有一次出去拍野山的时候,我和摄影师接触,也跟他探讨了这个问题,他说摄影也分两种:一种是这个片子出来,我一定要不停地告诉观众这个作品是我拍的,这个故事是我弄的,镜头是我设计的。另一种是完全消失,摄影不存在,就告诉人这个故事天地间原来就有了,与我没有关系,你不知道它在哪,你看完觉得它是本来生成的。

在中国的小说里,我觉得也是分两种:一是故事形态比较强的或者说强调作家存在的,比如《三国演义》《水浒》这一类小说,另一种就是《红楼梦》,我更倾向于《红楼梦》这类小说,这后面有文学观、审美观或者性情。我第一次看《西厢记》的时候,觉得那不是写作,而是真实发生的事情,当然后来冷静一想,那肯定是人写的。包括《红楼梦》,它肯定是人写的,但是呈现给你的感觉是好像时光倒流,你能看到当时的情况一样,我比较推崇这种创作。《红楼梦》给了我很大启发,它完全是写日常的,后来我看过乔伊斯的《尤利西斯》,对我影响也特别大,虽然我并不完全看得懂,但我能体会到它的意思,它也是日常性。大家说是意识流,我的体会是,比如说我和你在这对谈,你问我吃了没有,我说吃了,你问我是吃得啥,我说吃的饺子,我在回答你吃饺子的时候,我好像看着你,看着你的五官,看着你的头发,看着你的服装,同时我还看着你后面的玻璃柜子。一般人写东西到这个场景就是:你吃了没有,吃了,吃的什么,吃的饺子,这就完了。但乔伊斯还写了玻璃柜子,写了里面的陶马,还有外面手机掉到地上的声音、别人走动的声音。这些是我余光能到的地方,虽然看着你,但我还知道旁边有个人在做什么,然后就把这些东西全部记录到描述中,别人一看,乱七八糟看不懂,但他就是这种写法,实际上也是把日常的东西放入文本里面,这让我特别受启发。

行　超: 刚才说到意识流的这种写法,让我想起了《秦腔》中说的，写"破烦"的日子，其实有点像中国式意识流的感觉。有评论家说您的小说是"法自然的"，也就是沿着事物发展或者历史发展的本来面目去作呈现，也正好应了刚才说的，"想要把自己藏在后面"。这是不是也代表了您的文学观？

贾平凹： 文学观里面包括作家对整个世界的看法，对整个世界的判断、价值认识，还有就是具体的操作，主要是看你的见识，它要讲究能量，你这个人能量大或者能量小，主要看你对一个问题怎么判断、怎么见识，还要有能力把你的东西表达出来，找到自己的语言、句子，找到自己的方式。你刚才说到《秦腔》的写法，其实跟我看巴萨踢球的感受有点像。英国的足球基本上都大脚踢过来踢过去，就像故事情节一样踢过来踢过去。但巴萨踢球，它是在前面不停地倒脚，倒来倒去，然后一个不经意，它就踢进球门去了。当时我看了巴萨足球，说这和我的写法是一样的，我觉得它也是个路子，关键是把你要表达的东西用最契合的途径表达出来，所以说形式都是从现实生活中来寻找启发的。

从想法上一定要取天上的星月，而具体的形式，都是来自地上这些乱七八糟的事情，比如说树木、虫子，从这些东西里来寻找灵感。

行　超：最后一个问题。我觉得您是对于时代变迁非常敏感的作家。早期的《腊月·正月》《鸡窝洼人家》等以个体经验书写乡村现实及其变化，《废都》非常敏锐地感受到了知识分子在时代变革中的尴尬处境，如今回头看，仿佛一个预言。作家应该对于自己所生活和感知的时代有所发言，这几乎成为大家的共识，可是真正能把握时代进而书写时代的作家其实不多。您觉得，作家到底应该与时代保持怎样的关系？怎样写时代？

贾平凹：就像我刚才讲的，生在哪里就决定了你，把这个问题扩大，你生在这个时代，这个时代就决定了你。举个例子，新时期以来，中国作家的作品里批判、揭露、鞭挞的因素特别多，这是时代造就的。我经常讲这个时代就是社会大变化，矛盾特别多，问题也特别多，所谓的改革就是不停地突破这些障碍，一步步往前走的过程。这个时代造就了这批作家是这一个品种的，这样品种的作家写出来的作品就是这样品种的。在这个时代生活，你或多或少都是时代的一部分，每个时代、每个社会都有一个规律性的东西，都有一条主线，这就像你在中国，中国的地势是西边高东边低，就决定了水肯定是向东流的，不可能向南、向北流，这就是大的趋势。一旦你了解大局以后，你应该能把握社会是往哪个方向去的。但同时作家这个职业也有特殊性，你一方面是记录时代，或者是在这个时代里观察、思考自己的一些东西，但同时，这个职业是和整个现实有摩擦的。社会前进规律中各种好的、不好的东西，作家都要面对，这就导致它必然和具体的问题，或者具体的管理者产生一种摩擦，某种程度上，它是与现实生活之间的张力，倒不是说它想干啥，而是它本身就是这样。就像面对自己的孩子，你一方面盼望他长大，但同时他的长大让你意识到自己的衰老，道理就是这样的。

作家想尽办法让他的作品寿命能长一点，不仅是为了宣传或者证明什么，而是我要反映这个时代是怎么过来的,这个时代以后又会发展到什么地方,这样的话,前瞻性、超越性、预言性的东西就产生了。如果不研究整个社会,你只能写就事论事的东西。比如说在改革开放的时候,我写了《浮躁》,现在回想起来,它受当时时代的影响,结构办法、文字语言都是那样的,后来在《浮躁》的后记里我就宣布,我以后再不那样写了,所以才写了《废都》。但是"浮躁"这个词把握了当时整个社会的情绪,一方面要写当时中国人的生存状况,再一个它的精神状况、情绪状况,用"浮躁"来形容是最恰当的。后来写到《废都》,一直到《带灯》《山本》,我觉得每部作品实际上都是写出一种同感。你刚才说到《废都》的情况,实际上每一个人写,都是写出一个故事。在某一种节点上,这个故事会和社会、国家、民族相交叉,这个时候,你写的就是民族和国家的东西。《红楼梦》也是这样,它写的是家族的衰败,但是它和那个时代的衰败整个契合了,所以它写的也是国家的衰败。举一个例子,大家一块旅游去了,早上九点,你说司机把车停下来,咱去路边吃饭吧,司机不会停车,满车人都不会同意,因为在大家形成的习惯里边,十二点肚子才饿了,九点是你饿了,我们没有饿。但是到十二点的时候,你说咱去吃饭吧,司机肯定会把车停下,全车人都会同意去吃饭。反映在写作中,你一个人的饥饿不代表大家的饥饿,写作品一定要写出大家的饥饿,大家才有同感。如果你总写九点肚子饿了,写得再生动大家也不会理解你,因为没有同感,只有扩大到人类同感的东西,大部分人同意的、有进步的、有价值的东西,这个作品才有价值。

"我愿意做一个有限度的乐观的人"

阿来 ×

　　阿来是谁?他曾是最年轻的茅盾文学奖获得者,更是深山里走出来的、用汉语写作的康巴汉子。与阿来的访谈先后进行了两次,第一次是 2017 年,应十月文学院之邀,在第二届"北京十月文学月"上。初见阿来,看似寡言的他却有一种笃定而坚韧的力量。他谦和、沉静,却不时地语出惊人。他敢于打破惯常的说法和思维定式,直面问题、直指要害,更不惧与"沉默的大多数"相对抗。第二次是 2019 年初,长篇小说《云中记》刚刚出版。这部作品依然彰显着阿来汪洋恣肆的想象力、灵动诗意的文字,以及带有魔幻色彩又贴身切骨的叙事。但与此同时,这部时隔十年再次回望"5·12 汶川地震"的作品,对于四川人阿来,以及对于中国当代文学更具有不可替代的重要意义。

长篇小说《云中记》的扉页上有这样几行字："向莫扎特致敬。写作这本书时,我的心中总回想着《安魂曲》庄重而悲悯的吟唱。"某种意义上,《云中记》正是阿来写给逝者们的一首安魂曲。十年之后再次回望,在曾经的巨痛即将被大众遗忘的时刻,阿来用自己极度克制的笔触、平静的讲述和深刻冷静的思考,写出了拥有《安魂曲》般力量和美感的《云中记》。我想,正是他的锐利、坦诚、正直,照亮了笔下那个奇妙的文字世界。

行　超: 您曾说自己是"用汉语写作的藏族人",但您的写作绝少有猎奇式的对少数民族生活和文化的呈现,相反,往往指向的是关乎民族以及人类命运的共同问题。您怎么看待少数民族身份与写作的关系?

阿　来: 人不能选择自己出生的地方。你必然会降生在某个地方,这个地方就会有文化、有民族。这当然是先天决定的。但是我们还得知道,这个世界上可能有比我们通常说的民族文化更大的东西，在我看来至少有两个：国家和人类。我觉得我们现在的少数民族文学，有时候过于注重本土文化和民族身份，对于国家身份的认同有所不足。

当然，我们也说文学即是人学，文学既要面对个体的人，也是面向全人类的。因此，语言的沟通就十分重要。我们知道世界上很多多民族的国家都会有一种官方语言，不然就没有了沟通的可能性。对于我们的国家而言，汉语是通行的、官方的交流语言。而文学刚好是一个让我们能够互相了解和沟通的很好的工具。我们的语言要有包容性，你是这个民族的人也好，那个民族的人也好，你同时都是中国人。我们今天的生活里不只是在跟自己本民族的人交往，而是在跟全中国的乃至全世界的人发生不同的交往。所以我们通过文学抒写什么、我们怎么对待语言，这都是需要弄清楚的事情，不然就会构成我们自己内心的一个障碍。

行　超：您曾在不同场合谈到马尔克斯、惠特曼、聂鲁达等西方作家对您的影响，可见对西方现代派、拉美现实主义等写作手法非常熟悉，但同时，这些手法在您的写作中却最终落实于对古老东方故事的讲述，东西文化的对峙与交融在您的作品中体现得非常充分。

阿　来： 我认为现在我们有些话或者是有些文学观念，有些时候有一些偏差，就是过于注重地方性跟特殊性。当然文学当中，地方性跟特殊性，或者是民族性是非常重要的，但如果我们把它强调到一个极致，然后认为它是跟人类、跟国家认同没有关系的东西，可能反而就矫枉过正，走到一个比较偏狭的路子上去。有一句听起来非常正确的话，其实它有问题。很多人相信这句话，我是不相信的。这句话说，"越是民族的越是世界的。"如果真是这样那就容易了，但其实有可能吗？中国民族的东西多了去了，如果真是这样，那我们今天这么费劲地说"走向世界"干什么？我们剪辫子、穿西服干什么？我们取消裹足干什么？

当我们走向世界的时候，我们就在揣摩，别人可能希望看到我们的什么特殊性，好像过去很多文艺作品也在拼命展示这种东西,现在大家慢慢有了反思。同样,中国的少数民族创作也有这个倾向,少数民族题材的作品,我们要给更多不是我们这个民族的人看。他们想看到我们少数民族什么呢?就是想看到那种特殊性。但是有些时候你却发现,真正按照日常生活去写的时候,这个特殊性不够。今天我们正处在国际化和全球化当中,大家的生活越来越趋向同质化,而且同质化正在成为今天社会生活中的一个主流,所以跟一百年前相比,可能我们每个民族、每个国家之间的差异正在变得越来越小。

行 超: 从《尘埃落定》开始,您一直是以小说家的身份被读者认可的。《瞻对》在应该算是一个"异数",这个非虚构作品讲述的是汉藏交会之地的一段特殊历史,但是其中有很多细节非常动人,栩栩如生。您怎么看待文学创作中"虚"与"实"的关系?

阿 来: 写《瞻对》之前,我本来是先听到一个传说。因为对这个地方和故事感兴趣,我就跑到当地去,算是深入生活吧。到了那里,我想要把所有材料都拿到手,一是当地的各种关于战争的民间传说,一个是一些当地藏人记录的、没有发表过的藏文本的记载。这一类的资料并不齐整,比如有一本没有前三页,因为当地人每年都会把它拿出来晒,晒的时候前三页被羊吃了。但是同时,瞻对这个地方,由于它特殊的地理位置和历史原因,在清代、在民国时期都是很受官方重视的。尤其是清代,对这里的官方记载很完备。两种记载放在一起很有意思,民间传说会有点走样,讲故事的人总想耸人听闻,就像民间创作一样,它会变形、会夸张。官方档案比较实事求是,只讲客观发生的事件,虽然官方材料很翔实,但是民间传说更生动,它有那种带有细节性的东西,当你去揣摩时,就会发现其实创作者把自己内心的情感都投注在里面了。

所以我觉得,一定要把这两者结合起来,尤其民间传说文本,对我来说有美学意义,有美学价值,更接近于我们文学创作的方向和追求;而官方史料撑起了基本事实骨架。把这两项结合起来，就会产生一种跟过去写作不一样的效果。

但是当我把所有这些材料都收集完的时候，却发现用不着去编一个故事了。今天我们常说，现实的发展和多变已经超出了作家的想象，甚至超越了虚构的小说。在面对"瞻对"的故事和材料时，我体会到我们的文学其实是一个形式和内容的问题。就是说，你采用什么形式——比如说虚构的小说形式，是更富有想象的；或者是采用非虚构的形式，完全依赖材料所提供的可能性。有些时候材料不足，或者是材料的精彩程度不够，我们可能就要用想象去弥补。但当材料本身已经非常扎实的时候，确实犯不着再去虚构想象，那样反而画蛇添足。

我们容易犯的一个错误就是，过于注重文学题材上的分别。我们今天说这个人是写小说的，那个人是写散文的，是写诗的。在我的文学观念中，却并没有一定要写哪种文体，而是要看这个材料适合什么，材料本身会自动选择一种最适合它的体裁。当它要求是这样一种体裁的时候，我不能强制把它写成另外一种体裁。所以我认为，作家不要有那么多"门户之见"，不要被文体所局限。我自己的观念要相对开放。这可能是因为我本身从语言开始，就对民族文化保持敞开的态度，所以在这个问题上我也尽可能地根据内容挑选形式和体裁。因为一种内容一定有一种最适合它的体裁。作家的责任不是创造什么东西，而是当我们拿到材料时，要挑选出一种最适合的体裁和形式。

行　超： 从《尘埃落定》《空山》到《瞻对》，您的作品多是大部头的长篇巨制。最近的"山珍三部曲"《三只虫草》《蘑菇圈》《河上柏影》，看起来体例变"小"了，但是意义却并不"轻"。在我看来，您此前的作品基本上都是对历史的观察和思考，这三部作品更贴近当下，是对现实问题的揭示和反思。是否有意做这样的改变？

阿　来： 写完《尘埃落地》《空山》《瞻对》，回过头来，我总在思考一些问题，历史还在往前发展，当下到底发生了什么？我慢慢发现，当下也有着很多问题，这是怎么发生的？所以我就写了一部《格萨尔王》。这些都是我自己在思考的问题，我的每一部作品不是想告诉别人我在想什么，而是我对于自己心中迷惑的回答。所以文学也是一个自己认知世界、认知现实、认知历史的工具。

《格萨尔王》完成以后，我就选择了写点短的东西。这之前我已经接连写了几部长的作品，就想要换个节奏。一般你写大长篇的时候，总是特别想在语言形式这些问题上下功夫，但是毕竟体量太庞大了些，不能够面面俱到。小说很多时候是一个形式，短一点的东西不是说不注重内容，它更多的是把自己的经历和语言、形式相关，以达到艺术上的精益求精。

当下的问题是什么呢？如果不算上诗歌跟散文，中国文学中"自然"很少出现。你想想《水浒传》《三国演义》《红楼梦》《金瓶梅》，基本都是在写人与人的关系，习惯去挖掘人性的恶和卑劣。而在有些西方文学中，虽然也有写人不好的东西，最后会有人性的温暖和人情味。而这在中国传统叙事文学当中相对缺乏。

在当代文学中，我们写人跟人的关系，很多也是彼此算计、揣摩。我觉得，如果这个世界真的只是这样的，作为读者的我不必要了解它，因为我不想了解一个黑暗的世界。

西方文学当中是有自然文学传统的。尤其是美国，有很多自然文学作家，梭罗、惠特曼，等等，不是说他们的艺术成就有多高，而是思想性很高，我们要吸收这种东西。我去美国的时候，不愿意去那些游客爱去的景点，我就希望能去这些自然文学作品中所写到的地方去看、去听、去想。

行　超：《云中记》的写作开始于"5·12大地震"发生十年之后，这中间经历了一段漫长的沉淀。迟迟没有动笔的原因，是有意克制、不想被一时浓烈的情绪所裹挟？还是一种自然的失语状态，就像我们面对至亲的突然离开时仿佛丧失表达能力一样？

阿　来：其实这两种原因都有。灾难发生的当下，我也觉得有很多话可以说，当时那种情境下，很多作家都提起笔来书写，表达自己的情绪和所观察到的现实。但是面对这样的写作，我马上产生一种警惕，难道文学就是简单地说出事实吗？难道现实主义就是简单地描绘自己所看到的吗？我觉得在这样重大的现实面前，文学应该写出更有价值的、更值得探索和挖掘的东西。但是这东西究竟是什么，当时我没有想得很清楚。而且的确，如果选择当时立刻去写，我也很容易情绪失控，包括我们看到很多当时出现的作品，其实都是失控的、没有节制的表达。你以为自己是在第一时间、在一个最好的状态中去书写的，但是最后发现所达到的不是你想要的效果。

行　超： 那么，是什么具体的契机让您最终提笔？

阿　来： 我其实没有想过需要什么具体的契机。我知道这个题材、这个内容对我来说很重要，我也相信自己有一天肯定会去书写它。但是我的写作一向不会做什么具体的规划、准备，也从来不给自己规定什么时候要写什么。当时我正在写另一个长篇小说，突然有一天，我的脑海中一下涌现出一种情绪，出现了一个具体的形象，这些都与我当时正在写的长篇完全没有关系。但那个形象又是那么鲜明，在我脑中挥之不去，就是后来出现在小说中的祭师。于是，我停下自己手中正在写的另一个长篇，开始了《云中记》的写作。

对我来说，写作常常就是这样的情形。一件事情，如果我对它有兴趣，那么它就一定会存在在我心里，我不会着急去表达，而是先克制住表达和书写的冲动，因为我知道这种冲动有时候是虚假的，或者是短暂的。长篇小说的写作需要有漫长的时间、大量的精力投入，一时的感觉是不够的，你必须有充分的内心准备，不然一口气是没办法支撑自己写到底的。

行　超： 您的作品一直关注人与自然的关系，在生活中，您也是个非常热爱自然与生灵的"博物学家"。"山珍三部曲"通过描写珍稀物种的现状，反思了当代社会的商业逻辑，《云中记》写的是自然灾难，或者说自然对人的惩罚。通过这些作品，您对人与自然的关系有什么新的理解？

阿　来：刚才提到我刚开始没办法马上动手的原因，也是我当时没有想明白的问题，主要是我们到底应该如何处理死亡、如何处理与自然的关系。过去我们所看到的中外文学中的灾难书写，不管是战争灾难还是政治、历史，这些灾难的发生都有具体的原因和对象，我们习惯了对面有个敌人、有一种敌对的力量，这样我们才可以表达情绪，可以施以仇恨、批判。但自然灾难完全不同，台风、地震、火灾、水灾，这些都是大自然按照自己的规律在运行，并不以人的意志为转移。人要生活在大地上，并不是大地发出的邀请，而是人类自己的选择。我们总说"大地母亲"，大自然是我们永远没办法去仇恨的。我们的文学习惯了把所有问题设置出冲突双方，但在自然灾害这里，冲突双方是不存在的，你对面的大自然是没有情感的，它并不是施暴者，因此你也不能把它当作敌人。这个问题是我们此前的灾难文学所不曾面对的，也是写作时首先必须想清楚的。

比起"山珍三部曲"，《云中记》对自然与人的关系的思考，其实触及的是更加本质性的关系。大自然为人的生存提供了庇护，提供了各种各样的资源，但它也有情绪发作的时候，它一旦发作，人类就将面临灾难，而这时，人的宿命性就出现了。人必须在这个充满灾难的大地上生存，你在享受大自然恩赐的同时就必须承受可能发生的灾难，我们都别无选择。这是人类的宿命，也是悲剧性的所在。这个时候，我们才真正深刻意识到人类的无力、渺小，因此，爱护自然绝不是基于狭隘的环保主义，而是一种更根本的宿命论的认识。如果说《云中记》有一点贡献的话，我想就是处理和提供了对死亡、对自然这两个方面的新的书写。

行 超：从《尘埃落定》到《机村史诗》，再到今天的《云中记》，可以看出，您对现代文明始终持有一种复杂的思考与审视。小说《云中记》写到灾后重建中出现的一些新情况，尤其是后面几章，央金、祥巴等人本来是灾难的受害者，但他们后来的做法、行为更让人觉得痛心。您是怎么构思这部分内容的？

阿 来：大地震过去这么些年，其实我还是一直关注着灾区的情况。小说中所写到的这些现象其实在现实生活中都能找到影子，甚至有过之而无不及，只不过我用文学的手法进行了改头换面而已。对于自己笔下的人物和现实生活中看到的这些现象，我还是基本秉持着"温柔敦厚"的态度，提出问题的同时也尽量理解他们吧。

对于这场大灾，我关心的不只是当时的灾区和灾民的情况，我更关心的是重建之后的灾区。一场灾难带来了很多人员伤亡、财产损失，这些伤亡和损失是无法逆转的，发生了就是发生了，触景伤情很正常，但是悲天呼号本身并没有价值。更重要的是，在灾难发生之后，我们人的意志体现在哪里、发生了什么变化，之后我们是怎样对生活、对社会进行重建的，在我看来这比一时受灾的情况更重要。所以在《云中记》中，我想写这部分内容。

行　超：就像云中村人所面临的现实一样，在现代化不可抗拒的大趋势面前，云中村这样的古老文明，或者说云中村人所信仰的精神和传统，在今天处于怎样的地位，该如何自处？

阿 来： 我并不认为所有旧的东西都应该保存下来，任何事物的发展都有它的轨迹，与时代脱节之后，消失就是必然的命运。人类文明几千年，这当中不断地进步，其实就是不断发现新的事物、同时不断与旧的事物告别。

我们现在有一种强烈的"怀旧"情结，这里面其实有两个心理基础。一是我们提倡尊重传统、保护传统的大环境。这个环境是好的，但其中有问题需要辨析。在我看来，我们对传统的理解和保护，更重要的是领会其中的精神，地球空间有限，要不要保存那么多物质的东西，这个问题我还是存疑的。与其去保存那么多具体的物质，不如多读一点我们古代的经典著作，我们民族传统真正精神性的东西其实是记载在文字和书籍中的，而不仅是留存在某个老物件上。现代社会出现了拜物主义，很多"怀旧"行为，有时候其实只是对物质的迷恋，而不是对传统的尊重。现在很多人对于传统文化的理解就是老物件、旧仪式，所谓"鉴宝"，最终关注的还是它的商品价值。事实上，我觉得传统文化最重要的是其中的精神，我们传承传统文化，并不是传承一件物品、一些技术，而应该是传承它真正的内在精神。

还有一个心理基础是，当代社会中的人们在面对新事物时内心有一种焦虑和不确定的、不安全的感觉。过去出现的新事物往往是可感可触的，火车、汽车，虽然是新的，但人们还可以把握。但是到现在，我们每天所面对的很多新问题是大家完全无法把握的，比如我们热衷于讨论金融、科技、人工智能，等等，大家耳熟能详，但是很少有人能真正说清楚它们到底是什么。对于这些新事物，人们一方面极度依赖，另一方面又很难把握。在这种关系中，人类本身会产生焦虑，会时常有缺乏安全感的时刻，所以我们一面急速发展，不停地出现新事物，另一方面又不停地"怀旧""怀乡"，对旧事物总有一种迷恋。

行 超： 小说《云中记》的主人公阿巴对于传统的态度，其实也代表了您刚才所说的观点。这个人物身上有某种矛盾性，他开始以祭师的身份参加非物质文化遗产传承人培训班时，好多东西都记不住,被大家嘲笑为"冒牌的半吊子",但另一方面,在大灾发生之后,他却成为对故土和已故乡亲最坚定的守护者,甚至不惜献出自己的生命。您如何理解和定位这样的人?

阿　来: 阿巴这个人物特质是有普遍性的,在现实生活中,我见到的很多所谓传承人都有点"半吊子"。这当中有一个重要的原因就是,我们的文明传统并不是很顺利地传承下来的,"文革"对传统文化形成了强力的阻断,很多传统在当时人们的思想中被切断了。所以,直到今天,我们对传统文化的理解和认可其实并不彻底,很多人都是似懂非懂的。《云中记》中的阿巴就是这样,一开始他对于传统文化是什么其实并不是很清楚,但是灾难的发生唤醒了他,唤醒了他对传统的记忆、对传统文化精神的理解,也唤醒了他作为"传承人"的责任感。

行　超: "穿梭生死"的写作是很不容易的。《云中记》通过阿巴实现了这一点。阿巴是云中村人们与亡人沟通、与彼岸世界沟通的一座桥梁。与西方人不同的是,中国文化中一直缺乏"死亡教育",对于死亡,我们好像除了恐惧之外一无所知。《云中记》中,阿巴的"向死而生"某种程度上也教给我们应该如何面对死亡。这能代表您的生死观吗?

阿　来:阿巴这个人物的命运一开始我并没有明确的定位。在写作的过程中,我跟他一起经历、一起成长,到最后,他通过自己的行动和思考了悟了生死,参透了其中的关系和秘密。所以面对自己最后的结局,阿巴的内心是非常平静的,甚至进入了一种伟大的境界。

中国人对待灾难和对待死亡大多有三个阶段的感觉,首先是你说的恐惧,接着是受震动,然后就是遗忘。我觉得"死亡教育"应该有两方面内容:一是对于正在面对死亡的人,如何能够平静坦然地接受死亡,接受这是人的必然命运;还有另一方面更重要的是,当你面对他人的死亡时应该思考什么,如何从别人的经历投射到自己,思考自己的生存和生命价值以及"死"对"生"的意义,这是对每一个个体的生者,对整个社会和国家而言都很重要的深层问题。

行　超： 十余年过去了，当时语境中的很多喧嚣如今已经趋于宁静。就像您说的，我们好像已经进入了"遗忘"的阶段。小说《云中记》就像是一场对亡灵的告慰，告慰小说中的阿巴，更是告慰在那场灾难中受灾的灵魂。作为四川人，这次写作对您个人有什么特殊的意义？

阿　来： 这样的遗忘我真的看过太多太多了。地震发生之后，我第一时间赶到汶川，此后又去过北川、映秀等地。在现场，我眼见着救灾人员、志愿者的热情一天天退却，遗忘开始发生。最开始的半个月时间内，大家都沉浸在那种巨大的悲痛中，救灾的热情也都很高涨。半个月过去之后，这种热情一天天的退却、递减，救灾的人们每一天都呈现完全不同的状态。不用说现在已经过去了十余年，我亲身经历的遗忘的速度，是以天为单位计算的。

写作《云中记》，其实我并没有想说告慰什么人。在那场大地震中，受灾的人里面没有一个是我自己熟悉的、身边的人，但是从更广泛的意义上来看，我们人类都处于"生命共同体"之中，所以，他们的受难也是我的受难，他们的经历也是我的经历。因此，这次写作其实就是记录一段我与那些受难的人们、小说中的人们共同的经历，记录我们共同的沉痛的记忆。完成《云中记》的写作对我而言，首先是让自己心中埋伏十年的创痛得到了一些抚慰，也是我对自己那段经历、那种感受的一个交代，那段记忆我永远不会忘，但是写完之后我心里释然了很多。

行 超：我觉得您是一个具有悲观主义精神的浪漫主义者，从上世纪八十年代创作之初到现在，一种具有反思、自省的人文主义精神和立场在您的写作中一以贯之，不曾改变。在商品经济、消费主义的当下，这种精神显得更加可贵。

阿 来：我算是一个比较有宿命感的人。我们的生命就只有几十年，而生命又那么美好，这就是一个巨大的悲剧。所以生命本身巨大的悲剧感是无法弥补的。我现在从事文学工作也有几十年了，我想让自己的这几十年生命稍微显得长一点，复杂一点。我从事过不同的工作，跟不同的人建立不同的关系，这些都是我扩充自己有限生命的过程。

文学很容易导向愤世嫉俗、孤独、寂寞等，诸如此类的情绪，但我觉得如果回到中国古典诗歌、散文的传统中，你就会发现它有一种健康的、审美的传统。人情之美、人性之美、自然之美的发现，能够使我们稍微有点理想、有点浪漫，我觉得文学就应该保持这种传统。不然老写比较黑暗的那一面，令我觉得我自己的生命本身就失去了价值，只是一个悲剧性的存在。所以说，我愿意做一个有限度的乐观的人。

关于消费主义的问题，就作家自己来说，在这样的现实面前首先要淡定，要沉得住气。因为文学过去是完全不讲市场的，今天也要讲一讲市场。过去我做杂志，我就给我的作者说，市场的事情你就不要考虑了，经常考虑市场其实就是降低了自己。作家需要的是完成作品，而市场反应如何是出版机构所需要考虑的。市场在哪你不知道，谁买你的书你不知道。整天用市场、畅销这些不确定的概念来干扰自己，到最后只会妨碍你的写作。作家一旦去揣摩别人想要什么,这个文学基本上就没有什么意义了。所以对创作者来说,尽量不要考虑市场。文化是有分工的。出版机构拿到作品之后要知道它的市场在哪里,好的出版就是完成作品跟需求者之间的连接。

把文学当作艺术品经营 × 曹文轩

曹文轩是一位"郑重其事"的作家。他的严谨和认真几乎体现在方方面面:他衣着讲究、举止得体,与人说话时总是不疾不徐、娓娓道来;出席任何活动、会议,他总会提前半小时到达;所有正式场合的发言,他一定会提前准备好书面稿……从文学到生活再到为人,曹文轩都坚持着自己的美学——在他的作品中,你总能看到一种庄重、古典,以及对美的永恒追求,或许恰如他说的,"站在水边的人无法不干净"。

这篇采访是 2016 年 4 月 4 日接到的紧急任务。当时,中国儿童文学作家曹文轩在意大利博洛尼亚国际童书展上荣获 2016 年国际安徒生奖,也成为首位获得这个被誉为"儿童文学的诺贝尔奖"的中国作家。其时,曹文轩远在意大利，又身陷多种繁忙的采访、讲座活动中，遥远的时空距离和紧迫的时效性要求，让这次采访殊为不易。最终，得益于多位同时前往博洛尼亚的出版界同行的帮助，尤其是中国少年儿童出版总社的颜显森、孟令媛等几位老师给予的帮助，采访顺利完成，并在4月8日刊登于《文艺报》上。

行　超： 首先恭喜您获得了2016国际安徒生奖，实现了中国儿童文学在该奖项上的重大突破。长期以来，不少人认为，与欧美等国的作家和作品相比，中国作家普遍缺乏想象力，此次获奖，可以说是对这一观点的有力回应，同时也使得中国儿童文学进入了国际的视野。目前中国儿童文学的发展现状，您怎么评价？我们与世界一流的儿童文学作品之间的差距在哪里？

曹文轩： 安徒生奖在国际奖项中是一个比较纯粹的文学奖，它将文学性和艺术性看成是高于一切的品质。我之所以能够获得这一奖项，可能是因为我从创作的那一天开始所抱定的文学观有关。我一直认为，能够带领你的作品前行的，可以穿越时间和空间的，不是别的什么东西，而是——只能是文学性和艺术性。多年以来，无论是长篇短篇，我都是将它们当作艺术品经营的。这一选择切合了安徒生奖的评奖原则。

与世界儿童文学相比，我们确实存在着想象力不足，甚至苍白的历史时期。但这一事实在近二十年间已经被打破了，中国的儿童文学现在并不缺想象力。我以为，现在的中国儿童文学面临着新的问题，这就是在我们漫无节制地强调想象力的意义的同时，忽略了一个更重要的品质，这就是记忆力。我以为，对于一个作家来讲，特别是对于一个愿意进行经典化写作的作家来说，记忆力可能是一种比想象力更宝贵的品质。对历史的记忆，对当下的记忆，才是更为重要的。当我在谈论那些经典作家的时候，我们何曾使用过想象力的概念？我们在意的，是他们的强烈的现实主义精神和高超的现实主义手法。我们面对着一个铁的事实，这就是现实所具有的无法预料的变化和奇妙是想象力，哪怕是最强的想象力都无法达到的。我想安徒生奖授予我，一个很重要的原因就是他们在被成千上万的所谓的富有想象力的作品包围之中，看到了久违的文学品质的作品，这就是这些作品的强烈的现实主义精神。

中国的儿童文学现在已经处在一个非常高的水准上，可以说已经在国际水平线上了。不再是原来那种教化式的、文学功能性很差的局面。至于那些滥竽充数的作品，是这个市场发展的必经过程。

行　超： 您的代表作《草房子》从 1997 年面世到现在，已经重印了 300 次，既是畅销书，又是长销书。有英文、韩文、德文、日文等多种语言的译本，获得过国内外的很多奖项，也有影视剧改编，可以说，《草房子》不仅收获了学界和读者的一致认可，更创造了一个纯文学的市场奇迹。您认为，是什么原因成就了《草房子》的成功？

曹文轩： 我想成就《草房子》的不是别的什么，是因为它是一部文学作品，只能是这个原因。我庆幸我从事文学的第一天开始，就将文学性和艺术性作为我作品所追求的品质。因为，从我对经典作品的阅读中，形成的朴素的文学观就是只有文学性和艺术性可以成为文学作品的生命的保证。《草房子》以它300次的印刷和看似无法停止的脚步，佐证了我当初的选择和对文学功能的理解。

行　超： 从1983年出版第一部长篇小说《没有角的牛》以来，30多年来，您以自己的写作实践显示出持久而旺盛的创作力，也似乎很少受到市场和读者的左右，不跟风、不"速成"，始终坚持着自己一以贯之的写作理念和节奏。《草房子》《细米》《青铜葵花》《红瓦黑瓦》《大王书》《火印》、"大王书"系列、"丁丁当当"系列等都是读者耳熟能详的作品。如果将您个人的创作划分几个阶段的话，您怎么划分？

曹文轩： 我很难对我的创作进行阶段性的划分，因为这是一个模糊的前进过程，中间没有明显的切线。我的每一部作品都来自我的内心，来自长久的思考，并且在动手之前酝酿了很长时间。所以，我的写作总是显得很困难。

如果说有区别,我想这中间大概是有一个"忽上忽下"的区别,所谓的"上"就是往深和高处写,这部分作品是供少年阅读的;所谓的"下",就是往浅和底处写。这部分作品是供低幼和儿童阅读的。多年以来,我就是在这样一个"忽上忽下"的过程中进行我的创作的。但无论是上还是下,基本的纬度没有什么变化。这些纬度只为一个目标,这就是为人类提供良好的人性基础。这些纬度大致有:道义、审美、悲悯情怀。

行 超: 您的作品有非常明显的个人风格,从语言到结构、思想意义,处处体现出一种古典主义的纯净、庄重、悲悯、感伤,这与您个人的文学观念有关系吗?

曹文轩: 我确实倾向于古典的美学趣味。这可能与我成长的环境有关。我生长在水乡,推开门就是水面,推开门就是河流,走三里地要过五座桥。我的童年是在水边和水上度过的。我作品中的所谓的干净和纯净是水启示的结果。文字的纯粹自然也是水的结果。通常肮脏的意象是无法来到我的笔下的。因为我内心产生了拒绝它们的冲动。一个站在水边的人无法不干净，因为想让自己干净太容易了。一个站在水边不愿意干净的人，他可能是这个世界上一个出奇的懒汉。

我曾提出过，文学具有悲悯情怀是先验性的，也就是说文学之所以为文学，就是因为它有悲悯情怀，它是文学娘胎里带来的。既然是胎里带来的，也就是不可丢失的。实际上，社会在进入现代状态之后，人际关系松懈，人的感情日益荒漠化，这个社会比以往任何时候都更加需要悲悯情怀。当然，做"感动"文章，并不是做煽情文章，并不是让自己的宝贵文字沦为矫揉造作的感伤。这种"感动"是千古不变的道义的力量、情感的力量、智慧的力量和美的力量。这些力量会冲决时代的、阶层的、集团的、城市与乡村的藩篱，我们的文字只有交给这些力量，才有存在的理由，也才有可能熠熠生辉、光彩照人。

行　超：不管是早期的《草房子》《青铜葵花》还是最近

的《火印》，其中都有一种蕴藉着冲淡、平和、简洁之美。您心目中好的儿童文学作品是怎样的？

曹文轩：我希望用极致的语言来进行描写和叙述，而同时在它的背后流淌着诗意。不是那种充满激情的诗意，而是那种悠然富有情调的诗意。

很多人强调儿童文学的特性，而我一直强调的是文学的一般性。我在大概十几二十年的时间里都在研究哲学，发现许多问题从理性上是解释不清楚的，对很多问题的认识是要凭直觉的。直觉特别重要，对儿童文学写作也是如此。我的写作选择了儿童视角，它所带来的是特定的美学效果，让我看这个世界的时候很不一样。我是比较向往诗性的，儿童文学、儿童视角能帮我实现，达到我向往的东西，满足我的美学趣味。我发现当我站在儿童视角，一旦投入到那个语境之中，整个故事的走向就全部改变，而这些故事一旦用成人文学的视角考虑，其中的同情、悲悯等就会全部改变。

行　超：您曾经说过，"美的力量绝不亚于思想的力量，再深刻的思想都可能变为常识，只有一个东西是永不衰老的，那就是美"。的确，在您的作品中，爱与美常常可以战胜历史和现实的种种问题，最终达到和解的境界，这一特点在《火印》中表达得尤为明显。在文学创作中，您是一个唯美主义者吗？

曹文轩：现代文学——更准确地说，现代主义文学是一种放逐美的文学。在现代主义看来，美是一种累赘，是一种人工赋予文学的东西，是思想苍白的产物。因此现代文学毅然决然地与美切割，并加以唾弃。而我一直以为这是对文学性艺术性的放弃，是违背文学的本性的。人类当初选择文学就是因为人类发现文学具有特有的其他艺术形态形式无法给予的审美能力。

我们往往在意文学中的意义，事情发展到今天，思想成为唯一的诉求和唯一的追求。"恋思癖"其实严重地伤害了文学，看似深刻的文学反而变得简单了、浅薄了。在托尔斯泰、在鲁迅、在所有经典作家那里，思想、审美、悲悯情怀等纬度是融合在一起的，是立体的。正是因为多维度的构成才使这些作品辉煌至今，荣耀至今。

我相信这个说法：一个再深刻的思想都会时过境迁，衰减为常识。而美却随着时间的奔流永远保持它的光泽，它的新鲜，它的蓬勃的生命。

行　超： 正如安徒生奖的颁奖词所说，"曹文轩的作品读起来很美，书写了关于悲伤和苦痛的童年生活，树立了孩子们面对艰难生活挑战的榜样，能够赢得广泛的儿童读者的喜爱"。《草房子》里的杜小康、桑桑，《青铜葵花》中不会说话的男孩青铜以及"丁丁当当"系列中头脑有残疾的孩子等，都经历过不同的人生苦难，您怎么看待苦难在儿童成长中的意义？苦难教育呢？

曹文轩： 非常感谢国际安徒生奖委员会的各位委员，对我作品的理解和准确的评价。苦难主题确实是我作品的基本主题之一，这个主题不是凭空强加于我的文字的，是我在对人性、存在、世界感知之后的切身体验，是我的一个判断。我相信这个判断是准确的。我并不拒绝苦难，实际上是无法拒绝的。与其逃避它不如接受它，永远在面对它的时候保持优雅的风度，与其仇恨它不如面对它的时候抱有感恩之心。我愿意向我的读者传输这样一种对苦难的解读和态度。

几乎所有的人都认为，儿童文学是让儿童快乐的一种文学。我一开始就不赞成这种看法。快乐并不是一个人的最佳品质。并且，一味快乐会使一个人滑向轻浮与轻飘，失去应有的庄严与深刻。傻乎乎地乐，不知人生苦难地咧嘴大笑，是不可能获得人生质量的。一部文学史，85%都是悲剧性的，儿童文学也不例外。《海的女儿》《卖火柴的小女孩》《夏洛的网》《小王子》等经典名著，都是给人带来忧伤和痛苦的。当我们在说忧伤时，并不是让孩子绝望、颓废，而是一种对生命的体验和认识，生活本来就不是很容易的事情，这是成长必须经历的阵痛。

行　超： 您个人创作的 30 年，也是中国社会发展变化最剧烈的一段时期。时过境迁，作为作家的您在写作手法和创作心态上产生了哪些改变吗？

曹文轩：时代的变化会在潜移默化中影响一个作家的写作。避免和拒绝实际上都是不可能的。但我可能选择了文学路线有点不一样，我认为，一个作家更要关注的不是正在变化中的部分，而是恒久不变的部分。因为这一部分才是文学的生命之所在，根本之所在。这个恒久不变的部分具体来说，就是人类生存的基本状态。这个状态从前存在着，现在存在着，将来也一定会存在着。如果你想让你的作品活得更长久一些，自然要将你的文字交付于这一部分。

不管这个时代发生多么大、多么了不起的变化，也不管商业浪潮有多大的摧枯拉朽的力量，反正我写长篇也好，写一本千把字的绘本也罢，都必须将它当作艺术品来经营。至于说写作手法，一直是在变化过程中。但我将文学的手法分为大法和技法，技法是次要的，而大法才是主要的。

行　超：《草房子》之后，您从一个大学老师、儿童文学作家变成了家喻户晓的"畅销作家"，这其中的身份冲突对您和您的创作造成了什么影响吗？

曹文轩：准确地说，我不是畅销书作家，我是一个长销书作家。我更愿意做后者。其实，一个长销书作家才是真正的畅销书作家。钱钟书的《围城》每年都在以几十万册的数字在印刷，而《红楼梦》若干年过去了，还在不停地印刷。试问，有哪一部畅销书达到过它们累计起来的印刷数字？

行　超：在当下，每天都有很多的儿童文学作品在出版、面世，然而真正好的原创作品其实凤毛麟角。在这样的情况下，您认为，少年儿童面对浩繁的出版物，应该怎样选择？

曹文轩：今天是一个图书丰富泛滥的时代。满坑满谷的图书已经层层地包围了我们，可是在我看来，这是一个阅读质量下降——严重下降的时代。在如此情景中，我以为作家、批评家有一种向阅读大众辨析图书质量的责任。

阅读像做人一样，做人要智慧，读书也一样需要智慧。在读书方面，许多人是蠢人，他们以为读就是一切。殊不知，读书是有选择的，一定是有选择的。若不然，这么多的学者和批评家去谈论书的高下优劣还有什么意义呢？他们的存在是因为人类看到了一个无法改变的事实：生命的长度是有限的，而图书是汪洋大海般的。我们不可能阅读所有的图书，这样就需要那些学者和批评家，那些专门读书的人为我们甄别图书的高下和优劣，然后告知大众，什么样的书为一流之书，什么样的书为二流、三流之书，什么样的书是垃圾和烂货。

今天的图书市场是一个充满商业意味的市场，看似五光十色，实则弥漫着令人心醉的铜臭味，它使无数的作家迷途失径。在如此情景中，一个有出息的作家必须与这个时代保持必要的距离，必须以坚定的意志拒绝商业化的腐蚀，坚持原创并且是有境界有品位的原创。

行 超： 在这个崇尚信息传播的时代中，沉下心来阅读本就不容易，更何况是对于好奇心勃发的孩子们。您认为，怎样的儿童文学作品才是真正适合小读者阅读的？

曹文轩：阅读是对一种生活方式、人生方式的认同。阅读与不阅读，区分出两种截然不同的生活方式或人生方式。这中间是一道屏障、一道鸿沟，两边是完全不一样的气象。但是，我们目前面临着很多蛊惑人心的书、低俗快乐的书，甚至被唯利是图的经销商美化成经典，迷惑、戕害着我们的孩子。缺乏判断力的大众，成为坏书的牺牲品，变成面目可憎的人，严重败坏了精神境界。在这样的情况下，读什么书比读书更重要。读那些恶俗的书，反而会破坏孩子天然的语感，并影响和遏制孩子今后的写作。不如看看太阳，看看月亮，也许会让我们更有思想、更有智慧。

不要一味认为小孩子喜欢看的书就是好书，孩子的审美能力是不可靠的，不成熟的，我们肩负着教育和引导的责任，要引导孩子"应该读什么书"。我曾经提出过，要"读打精神底子的书，读具有高贵血统的书，读具有文脉的书，读辈分高的书"。

周梅森 × 我所做的仅仅是追上了时代

　　周梅森的身上,有一个时代文学的印记。他亲历了、也推动了二十世纪末官场小说的辉煌,即便深知"面对现实是有风险的",他也一直在作品中直面时代的漩涡。他所赞颂的作家有两位——巴尔扎克和巴金。周梅森的文学观是在他写作之初就确立的,并且始终没有改变:他推崇批判现实主义,坚信"人间正道",几十年来,他也始终用写作践行着自己的观念。

　　2018 年初,由周梅森小说《人民的名义》改编的同名电视剧,曾掀起了一阵不小的收视狂潮。官场题材文艺作品也因此在时隔多年后,又一次引起了大众的关注。在该剧热播之际,周梅森与我侃侃而谈一个下午,可以看出,面对自己的作品,他充满了热情和自信。但同时,对于这一作品成为社会话题之后的不可控,他也有些无奈。一些人对官场文学、主旋律作品存在质疑,周梅森并不以为然,这或许来源他所说的"财务自由"或者"内心强大",但我想更重要的,是他身上的"中正"之气——这种信仰的力量,在周梅森这一代作家身上有深刻的体现。后来,这部影视剧作似乎遭受了坎坷的命运,但其作品中所触及的官场现实与社会问题,如今看来依旧发人深省。

行 超: 二十世纪末,我们的官场小说、反腐小说经历了一个创作和出版的热潮,您的《人间正道》也是那个时期横空出世的。近些年,这类作品陷入了沉寂,直到《人民的名义》的出现,再次让一部文学作品上升为一个社会焦点话题。您在创作这部作品时想到过它会收获如此热度吗?

周梅森: 我确实没想到这样一本文学书籍能变成一个现象级的文化事件。这也说明了文学创作要有信心,作家要知道坚守。《人民的名义》这部作品,并没有走到时代的前面,我所做到的也仅仅只是追上了时代。但这部作品也恰恰证明了文学必须要在场，应该对现实生活有认识、有思索、有反映。长期以来，我一直都在坚持这样的写作，不管外部什么说法，不管这样的写作是否被认为落伍、观念陈旧、老套，我都顽强地坚守着现实主义文学阵地，顽强地坚守着对现实的思考，对时代变化的观察、积累。从这个角度讲，《人民的名义》这部小说的问世应该是不奇怪的，它在情理之中。

行　超： 我们现在身处于一个时刻都在发展变化的时代，但一部分作家却忽视了现实的变化，许多人越写越封闭、越写越钻进自己的小世界出不来。为什么会出现这样的情况？

周梅森： 面对现实是有风险的。希望作家只是单纯地写英雄劳模，这样的"火热生活"是没有真正意义的。作家实现财务自由真的非常重要，我早就财务独立了，不依赖这些支持，就能够写自己想写的作品。现在《人民的名义》火了，大家都说周梅森背后有大人物支持。但其实，这部电视剧的后面，是用五家小个体户的一亿资金做起来的。

当前文艺形态存在远离时代的问题,而一些文艺主管部门有时又远离文艺实践,远没有做到与时俱进。我的主张就是,作家少放节日"礼花",多一点真诚的对火热现实生活的观察、思索、投入和产出。我们的文艺政策一定要多鼓励作家贴近生活,反映老百姓心声,创作准确认识、引领时代发展的文艺作品,以这样的作品引导和影响世道人心,而不要当粉饰太平的"礼花施放者"。

行　超: 财务独立对作家来说真的太重要了!我们经常看到有的作家,为了迎合市场和读者,写出的来是跟自己创作初衷有偏离的作品。有时候真是忍不住替他惋惜。

周梅森: 对,所以我不想写,我可以十年的时间一部作品都不推出,也不会影响我的生活。《人间正道》是我第一部反映当代社会生活的作品,推出之后也是诟病很多。当时很多人都对我痛心疾首,"一个纯文学作家,怎么能堕落到去写当代现实呢?"这种认识其实到现在也存在。但是我不怕被骂,我内心强大。我早就实现了财务自由,又不想做官,所以就可以不看任何人脸色写作。

行　超: 是啊,《人民的名义》距离您的上一部长篇小说已经有10年了,我特别好奇这十年您都在干吗?

周梅森: 我做的事情可多了,一点没闲着。我的阅读习惯是,网上看到的感兴趣的消息就立即复制下来,电脑里有很多个分门别类的文件夹,随时积累随手收集。像"赵德汉"的原型魏鹏远案件,出来之后太震撼了,我马上就收集到"大案要案"的文件夹,《人民的名义》就恰恰是从这里开始写起的。这十年的时间我总共写了三部作品,其余两部都写了一大半。其实《人民的名义》也还没有写完,要等时机合适再抛出来,看能不能往前再推进一大步。

行　超: 我们来聊聊现在最火的"达康书记"吧。这是现在网友们特别喜欢的一个人物,但其实我在读小说的过程中发现,"李达康"的专横、霸道,他的唯 GDP 论,其实在小说中都是有所反思的。电视剧播出后,大家都觉得他是个清官、好官,是个一心为了人民谋发展的人。这当中是不是存在着误解?

周梅森: "李达康"这个人物,在我们当前干部队伍中是很典型的一类,能干事,不推诿,但是也非常霸道,集权。但这样的作风其实也是很容易出事的,搞不好就会变成霸道书记、霸权书记。能有这样的讨论和争议,说明这个人物站住了,不管在文学上怎么判断,在老百姓的心中、在接受学意义上站住了。

这部作品问世之后直到今天,虽然电视剧还没有播完,但方向已经不是任何人能够把控和解释的了,它的意义远远超出了文学和文艺范畴。"李达康"不再简单的是作者塑造出来的文学形象,而成为在审美意义上被二次接受的"偶像"。其实对这个问题,我的解释已经失去作用了。之前采访的时候我也说过,这个人物其实是有缺陷的,如果再要写续集的话,他可能要出事,会腐败掉。结果说完之后,下面跟帖骂我的人多的啊,七八百条都没法看,全部都是抗议,强烈要求不能这样编剧本,如果这样发展就不看你的。

成为现象级的事件之后,舆情是你没法控制的,创作出来的人物就不属于作者了。在这部作品上我深深体会到了作品火了以后作者的尴尬,作品火了,那作者一定死了,不死都不行。这是此前从来没有遇到过的,粉丝、主流话语、舆论对作者的挟持是超乎想象的,有很多断章取义的解读,成为文化现象之后作者真的很无力。

行　超:"李达康"的身上充分显示了,在我们现行的体制中,一把手是有绝对权力的,这就对一把手的道德水准、自我约束力要求非常高。"沙瑞金"在汉东待上十年、二十年,他会不会成为下一个"赵立春"?真是不好说。不过,小说恰恰提供了另一个思路,就是以"侯亮平"为代表的法治的力量,他的出现对于具体的个人是一种没有商量的约束和制裁,一定程度上弥补了绝对权力造成的问题。这种创作思路在此前的官场小说中并不多见。

周梅森: 对,这一点你理解得非常好。我不认为可以把道德作为标准衡量当官工作的能力,道德是绝对靠不住的。从制度设计上来说,不管是谁,不管是什么出身、什么背景,只要摆到了权力的位置上,就要设防。"高育良"曾经在当老师的时候也是道德感很高,但当他拥有权力之后,环境变了,很可能被动摇,也很可能会掉入别人的陷阱,最终不得不面对法律。侯亮平所代表的法治,是剥开了人们对道德的迷信。

行 超: 与您之前的作品相比,《人民的名义》对于社会生活和官场百态提供了一种全景式的观察。比如小说写了腐败的各种表现,有"祁同伟"式的以权谋私、官商勾结,有"李达康"式一言堂的绝对权力。还有一种更隐蔽的腐败,就是"孙连城"这样的,他几乎可以算是清官,不收礼、不跑官,但就是不干实事。《老残游记》里说,不仅要写"赃官之恶",也要写"清官之恶",孙连城就是典型的"清官之恶"。这样的人在现实生活非常多，老百姓接触最多的、最反感的，就是"孙连城"这样的。不过之前的同类题材作品很少写到这种官员，应该说，这个人物在官场现实中也是个"典型人物"。

周梅森：这个人物我自己也很得意，因为是在之前的作品中从来没有出现过的。一出场就引起热议，网友都叫他"孙宇宙"，现在还出现了"宇宙帮"的粉丝团，也确实说明大家都感同身受。

非常有意思的是，关于"光明区信访局窗口"的桥段播出第二天，国家信访局的网站就出现了大篇幅的表彰，说经过调查，北京、上海、江苏等地的信访部门都不存在这样的窗口。一部作品能够让相关部门这么紧张，引起这么大的反应，也是此前从未有过的。但这件事，确实是我亲眼所见的，这么鲜活的场景，编是编不出来的。这样一条并不是主线索的小段落，却不经意间真正戳到了痛处，从引发的热议也能够看出，人们对这种折磨老百姓、不替老百姓做事的庸官有多么反感。所以说写当代作品，我觉得还有很重要的一点，就是一定要有勇气面对生活。不管生活多么残酷,也可能会惹来麻烦,但是作家必须要有勇气,对老百姓讲真话,不要去美化现实。文学作品,尤其是反映当代现实生活的作品,绝不能继续瞒骗下去。如果不能真诚面对生活,就很难写出好作品。

还有"祁同伟",这也是我下力气塑造的人物。他深深意识到了自己身处的是一个巨变的时代。在这样的情况下,他受制于自己的出身,必须用一生的奋斗为后代赢取新的机会。如果他没能获得地位和财富,可能接下来的几代人都将继续处于贫困阶层。因此,他才会不顾一切往上爬,拼命攫取权力和财富,才能有"神挡杀神,鬼挡杀鬼"的决绝。他是知道自己为什么而奋斗的,他希望当社会阶层固化的时候,自己的后代能够站到社会的高处。也正是在这样的趋势下,一切底线都被突破了。"祁同伟"身上的恶,其实是时代之恶。他是一个看透了时代的人,只要能够满足他奋斗的目标,爱情、婚姻都可以牺牲。从某种程度上来说,"祁同伟"这个人物是有些悲凉的。

行　超：许多读者认为《人民的名义》中感情线比较弱，其实不仅是这部作品，《人间正道》《绝对权力》《至高利益》等小说，都是以写官场、写政治斗争为主，对感情戏着墨不多。这是有意为之的吗？

周梅森：在这里我写的其实不是感情线，而是几种婚姻的形态，"李达康"的婚姻、"高育良"的婚姻、"祁同伟"的婚姻，这些婚姻形态都是当前这个时代特有的，让人非常震惊。这个时代还有爱情吗？还有多少？除了像"欧阳菁"一样在《来自星星的你》这样的偶像剧里寻找爱情，现实生活中还有多少是没有利益考量的，真实的爱情？我不仅仅是要写爱情，更重要的是想写透这个时代本质的东西。我对纯爱情是没有兴趣的，只有当它涉及了世道人心，我才有话想说。"侯亮平"和他老婆基本上就是理想的婚姻，但这样甜蜜的爱情我就下不了力气写了，我还是倾向于专注揭露社会矛盾，写社会问题。

行　超：就电视剧来说，我倒觉得，或者可以干脆放弃感情戏，把它拍成一个中国版的《纸牌屋》？

周梅森：对，这个也有不少人提到。《纸牌屋》写的是美国的政治状况，但我们的现实问题和美国不一样。在我们的社会环境中做反腐题材，这不是一件简单的事，且仍然是当前社会发展的主要矛盾。即使现在反腐工作已经取得了相当可观的成果，但一旦松懈可能马上就会引起反弹。就这个问题，只要文艺工作者们会做戏、会写故事，就一定会非常好看。可以说《纸牌屋》的出发点是从领导层面展开的，而我们这部作品是以"人民的名义"来讲的故事，内容和角度有差异，但《纸牌屋》的拍摄手法我们确实有所借鉴。

行　超：由此涉及另外一个问题，就是关于这部作品中的女性形象。有读者质疑您笔下的女性是脸谱化的、工具化的、模式化的，甚至说您的女性观有问题。我在读小说和看电视剧的过程中也隐约有这个感觉。但是仔细想想，或许这并不仅仅是一个作家的问题，很有可能热爱工作的被认为是"女汉子"，憧憬爱情的被认为白日做梦，难道这不是更可怕的现实吗？

周梅森：从我自身来说，没有污蔑、轻视妇女的偏见。但确实，就像你说的，我所看到的现实状态就是这样。所以我们才要反腐败，才要清理政治生态环境，这些基本事实是不能回避，不能闭眼说瞎话。

为了这部电视剧我和我的团队确实付出很多，两年几乎没睡过安稳觉。真的没想到会引起这么大的反响，确实是誉满天下也谤满天下。

行　超：小说中侯亮平第一次和沙瑞金见面后，心里认定沙瑞金和他一样，是有"家国情怀"的人。实际上，"家国情怀"也是您小说中一以贯之的精神。在我看来，好的官场小说、政治小说必须要有这种精神，不然就会沦为地摊文学、厚黑学。您在写作当中是如何书写"家国情怀"的？

周梅森：作家对自己所处时代要有一个基本评价。我的评价就是，我们现在所处的时代，是中华民族最好的时代。我谈一切问题，不管小说里写的社会阴影面积有多大，最基本的出发点都是对时代的充分肯定,在肯定基础上再来谈问题。因此我的作品,一定要给人民带来希望,这也是巴尔扎克批判现实主义的原则诉求之一。不论黑暗多么沉重,总要给人们带来光明。在我的作品中,总有光明的、带有理想色彩的人物。不管别人怎么说,我坚持的创作原则,就是既要面对现实,也不能变成绝望的厌世者。文艺要能够凝聚民族向心力,在这样的基础上再来谈问题,就能够把握得很适度了。

比如我讲到,陈岩石老人讲述"只有一天的小党员"的故事,很多人不喜欢,觉得像革命传统教育。但如果不呈现这种历史事实,沙瑞金所批判的现代政治生态中的乌烟瘴气就没法展开描述。通过陈岩石的讲述提出,在革命年代,共产党员只有背炸药包的特权,只有牺牲奉献的特权,没有欺压人民的特权。这种真正的共产党人的理想信念,对现实的一些官场问题构成了极大的讽刺。

文学不承担解决具体社会事务的任务,文学的作用主要是影响世道人心,引导人们去关注某一类问题，引导人们对世道人心做出自身的评价和判断。由于我们的文学长期以来忘记了应该引导世道人心的诉求，很多都是在封闭小圈子里的自我欣赏，离广大受众太遥远了。《人民的名义》这部小说到目前已经出版了100多万册，而且仍然供不应求。人们为什么热捧这部作品？因为小说讲的都是身边事，在这里，文学的认识和人民的认识实现了高度契合。作为一个作家，我真的是很欣慰，自己的长期坚守得到了老百姓的肯定，这比得任何奖都重要。

行　超： 从内容上来看，《人民的名义》可以说是一部主旋律的小说。此前，我们倾向于认为，很多主旋律文学是主题先行的、说教意味太重，因此通常市场反映不佳。但是《人民的名义》却获得了读者的极大认可，您认为主旋律小说要怎么写才能让人接受？

周梅森： 在这个问题上，应该学习借鉴一下美国电影《血战钢锯岭》。一个国家不可能没有主流话语，主旋律是一定存在的。现在人们为什么不接受？这其实可能是狭隘地理解了"主旋律"。

一些宣传工作者把"艺术"简单地等同于"宣传",创作者也理所当然地认同这个观点。这种现象在影视界更明显,主旋律的电影、电视剧很多是由政府投资、政府补贴,拍完之后由政府购买,没有市场经济的压力就容易粗制滥造,没人看一点不奇怪。

但这并不是主旋律本身的失败,《血战钢锯岭》就提供了非常好的借鉴。都说我是主旋律作家,但我没有接受过任何组织的命题作文。只有真正震撼了我,我自己有触动了,愿意写才去写。因此,无论被贴上什么标签,我都在坚持自己的创作原则,讲真话,起码不讲假话。二十多年我都这样走过来的,终于在今天得到了读者的接受。这也说明了做什么事都要有信仰,有坚守,当官是这样,当作家也是这样。

行　超: 从第一部现实题材小说《人间正道》开始,到今天《人民的名义》,您的现实主义创作也经历了20多年的时间。这20年来,您的写作有什么变化?

周梅森：我四十岁认识了巴尔扎克，此后我的信念始终未变。现实主义创作是我追求一生的艺术创作原则，也是我不变的文学信仰。精神上不变，变化的是时代，是内容。为什么 20 多年能一直写下去不重复？最重要的就是因为我在生活中，生活每天都在变，而且在时代巨变的节点上，始终有我在场的身影。

巴尔扎克对我的影响的确是非常深的。他当时所处的时代和我们今天社会主义初级阶段的社会形态是非常相像的，我们都身处一个物欲横流、社会财富极大丰富的年代。此前的"天理"崩溃了，但是新的道德和准则还没有建立起来。巴尔扎克说，金钱可以把妓女装扮成贞女。到了我们这个年代，也是笑贫不笑娼，金钱成为衡量成功的唯一标准。

和巴尔扎克一样，我也参与了时代变革的所有节点。二十世纪九十年代的时候，我就参与过证券投资、房地产，后来又到政府去挂职，小说中很多政治经济运作的过程我都亲身参与过。有了这样的人生体验和阅历，才能有创作的动力和源泉。我的写作都是非常顺畅的，生活不会静止，时代在巨变。欧美许多发达国家社会的基本形态已经固定，在那样的社会形态之下，作家会选择去描摹人物内心、寻找心灵深处的归宿是很正常的。但我们当前的社会时代是惊天动地的，老百姓关心的是大时代下的困惑，自己明天要到哪里去？他的奋斗还能不能为后代打下根基？我是一个幸运的人，我参与了这个时代的变革，并且说出来了，也得到了老百姓的认可。这是我最自豪的地方。

说到创作的坚守问题，我非常感谢巴金先生。二十世纪末当我的小说《人间正道》出来之后，当时巴金先生已经90多岁了，依然精神矍铄，头脑清晰。那段时间巴金先生晚上看《人间正道》的电视剧，第二天上午就让女儿李小林给他读《人间正道》的小说，李小林当时是《收获》杂志的主编，巴金先生问她，为什么这个作品没有发表在《收获》上？之后我的《中国制造》《国家工具》《我主沉浮》三部长篇小说都发在了《收获》杂志上。巴金先生早年的作品《家》《春》《秋》，鼓舞一代又一代年轻人走向了社会，投身民族解放；到了晚年，他仍然在关心着国家和民族的进步。巴老对时代、对生活的态度，深深影响了我。巴老已经九十多岁还这么关心当代生活，我当时作为一个年轻作家，没有理由不关心现实。

行　超： 长期以来，文学界常常把反腐小说、政治小说归为类型文学，觉得它的艺术性、文学性有问题，因此对于这种题材的作品怀有某种偏见，进而也会造成一些作家远离这种题材。

周梅森： 你说的这种现象确实存在，目前来看，观照现实的作家在文学圈内地位并不高，长期以来的观点都是认为这些作家距离现实生活太近了，有可能会产生偏差。这种论调再加上现实中的一些限制，就使得我们的一些作家、文学远离了生活，远离了时代。我们很多的作家，总害怕会触发矛盾，产生负能量，引起社会上的不满情绪。这一点非常要命。

这就让我想起了巴尔扎克。巴尔扎克所处的年代是法兰西社会剧烈变化的年代。一方面是老贵族的光荣与梦想开始衰落,而资产阶级携带着金钱呼啸着走上了历史舞台,成为法兰西社会道德、秩序的安排者和指导者。这个现象让巴尔扎克看到了,而且深刻地感受到了传统老贵族衰落的痛苦和资本安排新世界秩序的残酷。巴尔扎克为什么能体会到这种切肤之痛?因为他参与了当时时代现场所有力所能及的社会活动。他不是为了"体验生活",而是带着真诚的发财的梦想,见证了法兰西社会所有的变革。因此他也知道了资本的厉害,知道了金钱的力量是如此强大,使他认为必须成为金钱的主人。这是他纯真的梦想,但是却经历了一次次失败,甚至是惨败。正是经历了这些之后,他开始写文章,开始创作文学。他把自己失败的经验和痛苦,以及对金钱的认识融入了小说。

难道说巴尔扎克描摹当时法兰西社会急剧的变化没有文学性吗?他的作品难道不是成了文学经典吗?批判现实主义仍然是我们当代文学中不可逾越的高峰。请问谁具有巴尔扎克那种高峰式的文学成就?《人间喜剧》《高老头》都是面对时代、面对当下写出的杰作。因此,开始我们提出的这种文学观点其实是不准确的，而这种观点也在文学界贻害多年。

行　超： 这些年我们一直在讨论，当新闻报道、非虚构等作品以其真实性、迅捷性抓住读者眼球的时候，文学究竟应该怎样表现现实？小说与新闻的边界在哪里？《人民的名义》中也有不少人物是有原型的，您有没有考虑过这个问题？

周梅森： 新闻报道的内容毕竟受到它自身特点的限制，新闻给人们看到的是一件一件孤立的事情，看到的是冷冰冰的数据，比如说他贪了多少亿、买了多少套房子。在这其中看不到人物的内心，看不到人物的灵魂，看不到人物行动的轨迹。人的内心复杂性是新闻报道无法解决的问题。

比如说赵德汉这个人，两亿多现金他收下来了，但他会有什么样的心态，是怎么走到这一步的，这恐怕就是文学和文艺要表达的部分。说到这里我特别感谢侯勇的表演，真是绝了。新闻报道只是用数字让世人大吃一惊，但侯勇的表演把贪官心理的两面性,尤其是灵魂深处的复杂挣扎表现了出来。

这种巨大的反差,让老百姓看到之后的感受就和单纯看新闻非常不一样了。这就说明,人物在小说和电视剧里,是靠作家、艺术家的创造最终完成了一个审美的过程。

周晓枫 × 人生的每个阶段都有悲喜

初识周晓枫是从阅读她的散文开始,华丽的辞藻、精妙的比喻、魔术师般的文字驾驭能力,让她的作品具有极强的辨识度,读后过目难忘。但我个人最钟情的,是她 2017 年发表的长篇散文《离歌》,在这部作品中,周晓枫的文字褪去了此前的绚烂,变得更素朴,也更郑重。她贴身切骨地书写着一位逝去的旧友,也经由这种追忆,折射出一个时代的荒诞和落寞,以及它所造就的无数悲情人生。

2018 年,周晓枫推出了自己的首部儿童文学作品《小翅膀》。在这个全新的写作领域,周晓枫如鱼得水,之后接连推出了多部颇受好评的作品。而她独特的文字与趣味,也给中国当代儿童文学带来了新鲜的血液。

2021年,《小翅膀》获得了第十一届全国优秀儿童文学奖。

与周晓枫相识之后,才发现她是如此"有趣的灵魂"。与她笔下那个浓郁的美学世界不同,生活中的周晓枫开朗、幽默,熟识她的人,无不被她的机智、豁达、妙语连珠所打动。我想,周晓枫的作品与她本人,都无限接近于我心目中理想作家的状态:从心所欲,无限自由,无比快乐。

行　超: 与诗人、小说家这样的称谓相比,"散文家"听起来像是个可疑的叫法,不管是作家还是普通读者,好像谁都能写一些"散文"似的。与之相伴的,是我们多年来对于"散文"这一文体的定义模糊,或者说是不断变化。您怎么看待"散文家"这个身份?散文写作应不应该有"门槛"?

周晓枫: 散文是写作的基础。诗歌所需要的语言天赋,小说所需要的技术准备,散文这种"入门文体"似乎不需要什么难度。信口信腕,纵心纵情,从中学作文到书信日记,雏形或成熟的散文渗透我们的生活。中国古代文人多属"散文家"，但这个提法出现得晚。我大学读中文系，印象里很少这么称呼一个作家。不是说大家不写散文，很多诗人和小说家的散文作品都非常出色，但被他们诗人、小说家、批评家的显在身份覆盖了，散文更像是闲来的调剂，像在主菜摆盘时旁边的点缀。

后来呢，一方面，出现一批长年专注于散文创作的写作者，大概出于安慰、鼓励或尊重，"散文家"出现的频次越来越高，渐成定式；另一方面，我觉得跟散文自身的成长有关。高水准的表达，使散文开始摆脱从属地位，获得某种独立性。

根据《现代汉语辞典》对散文的解释，区别于韵文，除诗歌、戏剧、小说之外的文学作品都属散文。散文的"散"，意指不受拘束——定义模糊，有助于它的不断变化。不设"门槛"，也不设"门框"和"门楣"，散文里有辽阔的自由，风月同天。

至于我自己是不是成了"散文家"一点也不重要,我就是个热爱散文的写作者,就像一个抓耗子的被叫作"猫"还是"咪咪",无所谓。

行　超: 在很长一段时间内,散文写作逐渐坠入某种僵化的、模式化的状态。二十世纪九十年代中后期出现的"新散文",冲击、突破的恰恰是这样的散文写作状态。可以说,新散文的精神和它所倡导的多样性,对于当下的散文创作来说依然有意义。作为"新散文"的代表作家,您怎么看待它的影响?如今二十多年过去,对于当时的创作和主张有什么新的认识、反思?

周晓枫: 我的观点,不代表其他"新散文"作家——说实话,我怕自己的曲解连累他们。祝勇以前说过我:"手榴弹舍不得扔到敌军阵营,非在自己怀里拉响。"他把我归为殃及同盟的猪队友。所以,我仅代表自己,言责自负。我真不觉得"新散文"出于多么自觉的事前策划,更像是过程或者事后的总结。当时,我们的确对散文的某些僵化表达存疑生恨,正好杂志开栏目,编套书要起题目,种种条件的组合,形成所谓的

"新散文"阵营。

新散文的共同点是力求突破陈规,寻找新鲜、独特、有力的表达方式,无论是篇幅、主题、形式等多方面,都有所探讨和实践。我认为,"新散文"从整体上推动了散文的变化,更改了散文的样貌。

当然,所谓"新散文"的阵营里,写作者的风格原本差异很大,后来越来越大——就像一群不同品种的笼鸟,他们的努力原本一致:飞到外面世界的自由里。等笼门打开,他们不是迁徙之鸟,沿着共同的方向前进,而是各奔东西,甚至相忘江湖。我觉得挺好,逃出一个笼子,不必急于给自己打造一个更大的笼子。如果真正保持所谓的"新散文"精神,那就意味着不断的突破、冲击和多样性尝试;那么,不必着力捍卫这么一个招牌、一块匾额、一座墓碑,我们应该永远在出发的路上,保持背叛甚至是背叛自己的勇气。

"新散文代表作家"这个标签贴在身上,它既不是奖章也不是我的负担，假设把这个标签撕扯下来，也不会让我血肉模糊。20年过去，我对散文的创作主张没什么变化，算是一如既往，就像我对这种文体始终怀有的从未衰减的热爱与迷恋。

行　超： 散文的"真实性"，一度被认为是基本的写作伦理。但是近年来，这个几乎约定俗成的标准正在遭受强烈的冲击。散文到底能不能"虚构"，散文写作中"虚构"的尺度在哪里，是近年来大家反复争论的话题。您怎么看待文学的"真"与生活的"真"？

周晓枫： 我认为，"真"是散文最为重要的道德，同时"虚构"是重要乃至必要的创作手段——这样说容易引起误解，因为我们常常混淆"虚构"与"编造"。我做个粗糙到粗暴的判断：虚构是想象力的呈现，编造是情感的欺诈。两者看似，但性质截然不同——都是"骗"，但魔术表演和考试作弊当然是不一样的。

真，包含着真实、真诚、真相、真理等等，这是散文的基础和远方。我在《虚构的目的,是为了靠近真实》中表达过:"文学的'真'不是生活上的时间、地点、人物的如实交代,是对世界运转规律的探讨,是对人心和事物内核的探讨。这时的'真',指的是艺术上的客观性。"散文里的虚构,要受到前提和结果的限制,并且使用的目的,是为了更靠近真实。比如,化名就是一种微量而常见的虚构手段,写作者由此不再顾忌,克服现实的摩擦,得以自由表达——对"真实"而言,不仅无碍,反而有益。

文学的"真"与生活的"真",让我想起"文如其人"——这个词对散文来说,尤为准确。不是"诗如其人",不是"小说如其人",诗人和小说家都可以在文字背后匿形自己,散文写作者不行,他没有隐身术。如果说小说家左手利器、右手盾牌,散文作者赤手空拳、肉身以搏——他能够使用的武器,唯有自己。所以对散文作家来说,人锋利文字就锋利,人宽容文字就宽容,很难剥离两者。如果生活里做人特别"真",有助于祛除伪饰,抵达文学的"真";如果在文学表达上特别"真",也能帮助我们获得勇气，在生活里呈现更多的"真"。写散文，既修人，又修文，一箭双雕。

行　超： 写散文其实很考验作者的阅历和思想深度，有的作家本身阅历丰富，可以不断地大书特书。您好像不属于这一类，您作品中的很多题材都是从日常的、平凡的生活细节中截取的，比如在游历中，在读书、看电影或者艺术欣赏中不断地深发、思考。您会追求为了写作而丰富自己的生活阅历吗？还是说，这种"后天习得"的能力对您来说更重要？

周晓枫： 的确，我的经历比较简单，缺少起伏和变化。对心理承受力特别差的我来说，这是人生的幸运；但对作家的身份而言，属于先天不足、营养不良。就像个以前没什么存款、现在没什么收入的人，花起钱来就仔细，我很吝啬，不想浪费一枚硬币。发现一个准确而陌生的词汇，我会像学外语一样记下来；半夜想起一个别致的比喻，我会摸黑爬起来写；我平时随身带一个小本，怕丢失一闪而逝的灵感。没有跌宕起伏的戏剧性人生，我只能尽量保持自己的敏感，去观察和发现生活中的细节，也包括在读书、观影这样的间接经验里获得的感悟。当然，纸上得来终觉浅，我觉得"设身处地的想象"常常不如"置身其中的感受"——即使想象出色，也需要在结实的现实基础上起跳，才能跃升到更高的空间。

我的好奇心很重，对于不了解或未曾体验的事物，在保证自身安全和尊重他人的前提下，都非常愿意尝试。为了写作也好，不为写作也好，我都希望自己能更有阅历和见识。行千里路，读万卷书，都是认识世界和我们自己的方式。但愿，我能通过"后天习得"，对我的"先天不足"，有所弥补。

行　超： 我的阅读感受是，您早期的作品比较追求唯美和整饬，《你的身体是个仙境》是一个突破，从此突破了禁忌，进入一种比较自由也更有力量的写作中。《离歌》又是一个很重要的转折，这部作品几乎摈弃了您善用的繁复、华丽的修辞，反而是回归质朴，感情也是很深沉的。您怎么看自己在不同阶段的写作变化？

周晓枫：你的概括准确，我在早期有文字洁癖，唯美而少杂质——其实还是运载力不足，小溪清澈，做不到江河汹涌。

《你的身体是个仙境》是我一次重要的改变。最初发表的时候，我很难克服那种隐痛和耻感带来的不适。但写作就是这样，需要一次次逼迫自己走到极限，才能把原来的直径变成半径，才能从新的圆点出发画出更大的弧。不挑战自己，就是不断地向今天甚至昨天的自己妥协和投降。写作自身存在二元对立的内容，它既美好，又残酷；是孤军奋战，也是不断与自己为敌；因此它随时都是绝境，因此它永无止境。我不知道变化是否一定带来好的结果，但我想畏惧变化就是坏的结果——重要的是，不丧失勇气。

《离歌》的风格转折，令我自己也感到陌生。在强烈情绪的席卷之下，我的初稿顾不得斟酌修辞，泥沙俱下，仅用了一个月零十天的时间，电脑字数就有六万多。修改时，我自己大约删去了一万五千字，使它更有向力心和凝聚力。我认为，文字风格要根据内容而变化，可以把一条蜥蜴描写得珠光宝气，但换到一只麻雀身上就不合适——我们运用的每个词语，就好像鱼鳞那样紧紧贴覆，难以剥除。《离歌》适合用质朴的方式来展现，是剑就要直指人心，如果在上面像刀鞘那样进行工艺复杂的雕花，反而影响它的杀伤力。

每个作家都希望自己拥有个人风格。风格这个东西，相当于节肢动物的甲壳，在很长时间里提供保护；然而，假设你要持续成长，铠甲终有一天会成为束缚，成为皮肤上如影随形的桎梏。挣脱它是痛苦的、艰难的、危险的……那又怎么样呢？因为这是必要的。所以无论有多少个形容词构成的威胁，写作者都不能犹豫；因为不会破茧的蛹，拥有的，是不值得羡慕的安详。

行　超：从《小翅膀》开始，您又接连创作了三部童话，包括19年初的《星鱼》和最新推出的《你的好心看起来像个坏主意》。我知道您曾经做过多年的儿童文学编辑，怎么看待我们的儿童文学创作现状？为什么会选择写儿童文学？

周晓枫：我是1992年大学毕业主动分配到中国少年儿童出版社，做过杂志编辑，也做过图书编辑。我当时对儿童文学毫无兴趣，去那里工作纯粹听说那里收入高——有的事情是外在的职业，有的事情是内心的事业，我设想用前者保障后者。真去了，我不久就产生悔意，整天看什么大老虎、小兔子的，让我觉得磨损智商。其实那时的出版社没什么不好，不过我潜在地觉得自己牺牲了梦想，结果是感觉自己既没有挣到多少钱，也没有写多少东西，就心怀幽怨。我耐着性子做了八年儿童文学编辑，觉得浪费时间和心力。当我所在的文学编辑室，前辈和老师跟我谈话，希望和建议我在竞争上岗的过程中去应聘主任。这虽然是出于信任，可把我吓坏了。我工作认真是怕挨批评，怕承担责任，对管理毫无能力和兴趣。情急之下，我落荒而逃，用尽办法，迅速调动，混进心仪已久的《十月》杂志。

时隔这么多年，我有迟来的省悟：我由衷地感恩在少儿社工作的八年时光。重温孩子的视角，学习保持童心——我才意识到，它对我的创作乃至一生具有重大的意义。成年人很难保持孩子般的好奇与天真,就像我们长大以后可以学习许多复杂的技能,要想做到最简单的事——妈妈告诉我们要"说实话,不撒谎",倒成了最难的事。没有做儿童文学编辑的经历,可能我就不会突发奇想地开始创作。写童话,虽然是出于杂志和朋友的约稿,但也让我开发了自己小小的潜能。

我们的儿童文学创作现状,我算不上多么了解。仅就有限的阅读视野而言,感觉产量巨大,有出色的,也有不入流的。我当然希望自己的童话,能离好作品的距离近一点,离坏作品的距离远一点。

行　超: 其实在《月亮上的环形山》等一些散文篇章中,您曾经写到过自己的童年,但几乎都是有些伤痕的,不是我们一般意义上那种快乐的、无忧无虑的童年。这是不是也影响了您的儿童文学观?

周晓枫: 童年啊,青春啊,这些词语看起来色彩明亮。

假设我们回忆自己真实的青春期,是不是那么光线照耀,毫无阴影?那是从孩子向成人的转换时期,看待世界的焦距都变了。在被歌颂的活力之下,青春期的敏感、忧伤、焦虑和痛苦同样存在。当我们不再拥有年轻时的容貌和力量,"青春"这个词里,凝聚了我们的遗憾和惋惜……以及由此而来的美化。经过一段时间,苦涩的海水结晶为闪光的盐粒——但我们不能说,海水本身就是洁白晶莹的。

我也是这样看待童年。孩子有无拘无束的快乐,也有他的困惑和艰难。如果,我们在回忆中假想一个无忧童年并强行嫁接,那是对孩子的不尊重,也有悖于我们自己的历史。这就像不能简单概括老年是慈祥的还是伤感的,人生的每个阶段都有它的悲喜。

我的童年经历过受伤和受挫,但整体谈不上糟糕和不幸,应该说比较平淡。我只是没有忘记那些流泪的或无声吞咽的往事而已。一个健康的生命,是既会笑又会哭的——这决定了我的儿童文学观,我不想赞美只出太阳不下雨的天气，我不想让孩子们在毫无瑕疵的世界患上雪盲症。

行　超：《小翅膀》看似写噩梦和恐惧，但指向的却是成长与自我超越。其实这个隐喻也很适合形容您的创作——虽然常常出现沉重的、残酷的细节，但却并不黑暗。您怎么处理童话中的善与恶、美与丑、温情与残酷？

周晓枫：谢谢你的评价。确实，《小翅膀》写送噩梦的小精灵，但故事调性是温暖而明亮的。很多孩子都怕黑——我想把这个童话，献给所有怕黑和曾经怕黑的童年，希望孩子们能从中获得力量和勇气。因为孩子怕黑，我们就告诉他世界上没有夜晚——这并不能保护孩子，因为他们不能生活在无菌箱里。我们与其进行所谓善意的欺骗，还不如让他们主动接种疫苗，从而获得身体的抵抗力。

其实，孩子具有理解丰富甚至复杂事物的能力。我希望能和他们一起分享自己的经验和理解。比如，影子并非只代表黑暗，它也是强光照耀下才能形成的事物。比如,狼并非一无是处,如果没有狼,肆意繁殖的羊群反而会影响健康,并使草原荒芜;比如,不会弹钢琴的才会一个指头、一个指头地按动白键,要想成为钢琴演奏家,就要同时流畅地处理黑白键。这个世界就是有善恶美丑,这是事实——我们既需要有自己的立场,也需要有对立场的怀疑与反思,以及对他人的宽容。这是每个人需要终生学习把握与平衡的技巧。

如果我达到了某种平衡,我会在作品里传递我的理解;如果没有达到平衡,我会在作品里传达我的疑惑。有时作品不提供作者的答案,它提供给读者的问题。

行 超:《小翅膀》《星鱼》《你的好心看起来像个坏主意》三部童话风格各异,《小翅膀》是有点甜蜜的,《星鱼》比较深沉甚至伤感,《你的好心看起来像个坏主意》整体上是一种活泼的、调皮的调子。您是主动追求这样的差异吗?对于不同的作品,有没有设定不同的读者年龄层?

周晓枫: 恰如你的总结,三部的童话风格迥异。编辑说不像一个人写的,我自己也是,这大概体现出我的人格分裂。当初《人民文学》杂志要发"儿童文学专刊",缺个童话稿,临时通知我补台,所以《小翅膀》是急就章。很幸运这本书获得了中国好书、桂冠童书等奖项,让我得到虚荣心的满足,所以接着又写了两本。

《星鱼》和《你的好心是个坏主意》都是在动物园体验生活得到的灵感,差异性是我主动追求的。《星鱼》有难度,但完成之后很愉快,给我更长的准备时间,我也未必能写得比现在的成品更好——我的能力也就到这儿了。

快把我逼疯的是《你的好心是个坏主意》,事先预设为喜剧,但创作过程,我都被折磨得抑郁了。我写过童话,也写过喜感的文字,然而把两者结合对我来说太难了——葡萄和牙,结合在一起变不成葡萄牙。我的写作经验完全用不上,烦躁,痛苦,自卑,豪饮咖啡后的彻底失眠……那段日子,感觉每天都是写作的瓶颈。发表之后,我简直有种劫后余生的后怕。我由此怀疑,许多相声演员回家是沉默的,许多小丑演员独处时是悲伤的。

我对读者没有设定年龄层,当然希望老少咸宜。这些童话最先是发表在《人民文学》和《十月》等成人杂志,然后才出版的图书。和一只长寿龟相比,我们成人了也是孩子——我现在最喜欢看的还是动画片呢。当然来自孩子的反馈最重要,他们喜欢,才让我深感安慰、深受鼓励。我的童话,幼儿园和小学低年级的孩子,需要家长和老师讲解;等到了小学中年级,可以独立阅读。

行　超: 您好像特别喜欢动物?散文《弄蛇人的笛声》写蛇、《巨鲸歌唱》写鲸鱼、《野猫记》写猫、《男左女右》写土拨鼠……童话《星鱼》和《你的好心看起来像个坏主意》也是以动物为主人公来构思的。为什么选择这样的写作角度?

周晓枫: 我喜欢动物,无论是去动物园当志愿者,还是去野外看动物迁徙,我都乐此不疲。动物身上的美与非凡,它们的优雅与神秘,它们的淘气与狡猾，很吸引我。看科普书或纪录片，我偏爱动物题材的。我养过宠物，虽然我因溺爱倾向而并非一个好主人。许多动物的情感，质朴而纯真，令人动容。

人类是哺乳动物，人性的复杂里很大程度上包含着动物性的成分。在我看来，就像"人性"包含着"动物性"一样，"动物性"也包含着"人性"。人类与动物之间，存在着巨大的交集，是可以分享经验和情感的。只要不唯我独尊，在尊重生命的前提下，人类其实很容易找到跟动物沟通的途径。

我们吃动物的，穿动物的，掠夺它们的身体和土地……许多时候，动物是我们的恩人，而我们成了动物的仇人。作为人类，我怀有无能为力的歉意；作为写作者，我希望通过自己的笔，让更多的人感受到——动物和我们一样，同样是生命的奇迹。

行　超：《你的好心看起来像个坏主意》里，动物园的猩猩、猫、乌鸦等性格各异，兽医小安原本是它们眼中的"大魔王",后来经历种种事件,终于赢得了小动物们的信任。通过这次写作,关于人与动物之间的关系这一古老的话题,您有什么新的思考?

周晓枫:《你的好心看起来像个坏主意》,题目偏长,但它概括了我的故事和主题。其实,不仅是人与动物之间,在父母与孩子之间,老师与学生之间,爱人之间,朋友之间,等等,不都充满了类似的矛盾吗?有时我们为了对方好,却被好心当成驴肝肺;有时别人为了我们好,却让我们被动、难堪乃至愤怒,恰如泰戈尔说的:"鸟以为把鱼举在空中是一种善行。"

这是一个关于误解、理解与和解的故事,也是关于体谅、尊重与宽容的故事。我选择喜剧的方式,是希望小读者能开心而愉快地去思考问题。

为了写这个童话,我数周在长隆动物园体验生活,非常感谢那里的工作人员给予我的帮助和启发。没有他们,我难以完成这样一个连自己都觉得陌生的作品。

行　超： 写作儿童文学的过程，对您的散文创作有什么影响和启发？今后的写作重心会转移吗？

周晓枫： 感恩命运，让我年过半百，竟然在三年时间里完成三本童话。除了散文作家，我也勉强可以称作儿童文学作家啦。散文和童话对我来说，几乎是两种思维和表达方式。或许有潜在的影响，但我现在体会不深。写散文是我手写我心，写童话我需要经过某种略感吃力的"翻译"。这么说吧，我从小习惯用右手写字，童话让我突然变成"左撇子"——都是写字，可右手熟练，左手照样费劲；练好左手，也帮不上右手的忙。

我努力使自己在三本童话中不暴露破绽。好在，我貌似体面地冲过终点，然后，我才连滚带爬，感觉自己摔得满身满脸的泥。有些少儿出版社的编辑朋友约我继续，再写本童话——不行，我得先学养生。除了偶尔写点绘本故事，我可能要暂停一下儿童文学创作，我得回散文领域里喘一会儿，歇一段儿。

时间的凝视者 × 梁鸿

2020年年底,隆冬的北京,梁鸿与我在她人民大学文学院的办公室进行了一次长谈。她的第二部长篇小说《四象》不久前由花城出版社出版,而她当时正在进行的,是非虚构《梁庄十年》的创作。交谈中,我们多次感慨,"十年过得真快啊"。十年前,《中国在梁庄》横空出世,梁鸿的名字被文学界、社会学界牢牢记住,而由此引发的非虚构写作热潮,至今仍在继续。十年之中,梁鸿与梁庄一起成长,随后的《出梁庄记》将眼光望向更加广阔的中国大地上。更多的时间,梁鸿在写小说,《神圣家族》《梁光正的光》,直到《四象》。

不久之后,2021年初,《梁庄十年》出版了。在这本书中,我看到阳阳、五奶奶、灵兰大奶奶……这些十年前出现在梁鸿笔下的人物,在时光磨洗中,各自迎来了不同的命运。与十年前那个重返故乡的"梁庄的女儿"相比,如今,梁鸿的文字与她本人一样,逐渐褪去了十年前的矛盾与紧张,变得更为松弛、自然;而我也再次确证,梁鸿就是"时间的凝视者"。

———————

行 超: 很多人关注您的创作是从《中国在梁庄》开始的,但事实上,此前您在文学评论、理论研究方面也颇有建树了。可否简单介绍一下自己的文学创作过程,尤其是大家不大熟悉的起步时期?

梁 鸿: 其实说实话我们都是文学青年,我很小的时候就喜欢文学。小时候生活环境很封闭,家里人也比较多,可就是那种热闹中的孤独,反而更能够让人去思考,或者说有一种思考的可能。可能是因为小时候大家都忽略我了,我就自己去想、去写,虽然都还是朦胧的一种状态。后来我翻到自己初中时候的日记,才发现上面写着:"我要当作家"——其实长大之后我完全忘掉了,也不记得有过这种愿望,但确实应该是那个时候已经有了热爱写作的影子。

中学的时候,我开始非常明确地喜欢写作,喜欢塑造一个感伤的场景,尤其是面对大自然,让我特别着迷。我十五岁考上中师,那个时候开始已经算是有意识地创作了,每天早上起来,我会观察云朵的变化,我会在同一时间、同一地点,坐在那个地方去描述云彩,描述每一天的天空不同的景象,这对我影响非常大。今天我在写作中对自然界的关心、洞察,包括试图去描述的动力,很大程度上就是受益于曾经那种缓慢的凝视。

一旦写到大自然,包括写到那种人与自然的对视的时候,我会感觉时间不自觉地慢下来了,我非常喜欢这种感觉。我记得当时我们的学校是在郊外,我的教室比较高,刚好可以看得很远,我喜欢坐在窗户旁边发呆,远方就是一条公路,路两旁种满了白杨树,视线特别好。在那个时空中,人会有一种慢下来的感觉。我觉得这种"慢"对写作来说可能是非常重要的,虽然当时是完全出于热爱,后来我又读了本科、硕士、博士，可能慢慢会朝着研究的方向去走，但实际上这么多年我一直在写作，散文、小说，可能没发表，现在我电脑里还有一个文档，里面都是当年写的东西，包括很多日记。我后来在小学教书也写了好几本日记，那些日记现在看可能比较轻浅，但其实已经是一个创作的雏形，比如我在里面描写了路上散步看到一个小孩，看到农民、看到河流，等等。现在想想，我在村庄教书的那段时间是很封闭，对于今天这个时代而言，那时的时间也是非常缓慢的，而这种缓慢对于写作来说是非常有价值的。现在我一开始写作的时候，我都感觉那段时间、那种状态又回来了，我好像在跟某个人、某种事物对视，至于想什么可能不知道，但是确实有一种对视的、时间慢下来的感觉。这种写作中的空间感、时间感，应该是很早就奠定了，一直到今天都还在受益。

后来我博士毕业开始教书，这么多年相当于一直在隐形写作。做了教师之后，其实反而好像有点远离了"写作"的梦想。2007年、2008年左右，也可能是到了一个思想的极致，我就觉得不能再继续这种生活，特别想写点自己内心的东西，这个时候才又开始琢磨我要怎么写作，或者怎么去转换一个思路。我觉得，人心中如果一直有个若隐若现的东西，那它总有一天会出来。我是中师毕业，之后在小学教了三年书，又重新脱产进修，读了大专，同时我开始自学本科，然后又考研究生、博士生，我三十岁博士毕业开始教书，但最终还是回到了写作的路上。

行　超： 您这段求学的过程也确实是蛮坎坷的。更不容易的是，在这个过程中还能一直坚持着写作这件事，大部分人，即便内心有着写作的愿望，也多半是被这种琐碎、疲惫的日常消磨掉了。

梁　鸿： 现在看好像是的，但我当时还真没觉得有什么不容易。我上教育学院的时候，所有人都是听完课就走了，大家都是来拿个文凭而已，只有我一个人一天到晚在教室里坐着，读书、写作，但当时还是挺开心的，因为你自己遨游在知识的海洋里，完全沉浸其中。记得当时我要学本科的课程，还要学英语，每天忙得不得了，时间都是按分钟来分割的。早上六点半去教室读英语，别人来了我赶紧跑下去吃个饭，然后回来开始上课。中午又是我一个人在教室里，要写日记，还要办我们学校的刊物，那个刊物叫《原上草》，当时我是主编，有的时候没人写稿子，我就得自己化名去写。但当时也不觉得有多辛苦，每天按照自己的节奏，可以说几乎不知道别人的存在。有一次考完试，我抬眼看到旁边的女生，忽然发现这个女孩儿挺漂亮的，以前几乎完全没注意到她的存在，太专注在自己的世界里了。一个人关注于某件事的时候，时间是不知不觉过去的，你不会觉得艰难，只是觉得充实、快乐。

行　超：感受不到艰难是因为内心热爱那个东西，为了它，付出什么都没关系的。

梁　鸿：对，还是喜欢这种状态。我十八岁中师毕业开始教书，二十一岁重新开始上学，一直到2000年，我博士毕业，三十岁了。这中间的九年时间实际上一直在求学，然后开始在大学教书，这段时间写的基本上都是学术论文了。2007

年、2008年的时候,我要"创作"这个念头可以说是再次升起了,可能因为之前一直在求学的状态里,比较专注于写论文、教书、生孩子,只是零星的一点时间写一写,而到这个时期,我重新燃起了那种强烈的"创作"的愿望。

行 超: 那几年差不多就是创作《梁庄》的时候?我记得《人民文学》的"非虚构"专栏是2010年初开始的。今天来看,其实《梁庄》的写作对您的文学生涯,包括整个人生,其实都是一个很大的转折吧?

梁 鸿: 对,《梁庄》是2010年发表在《人民文学》的"非虚构"专栏,后来出版了单行本,名字改为《中国在梁庄》。转眼间也十年了,最近我刚写完的一部新作《梁庄十年》。现在想想,那确实对我是个非常大的变化,但这个变化其实也是埋藏心中已久的,并不是突然发生的,即便没有《梁庄》,我想也会有其他事让我回到原来的生活,回到你童年的梦想。可能就是那种"我要成为自己"的想法吧,它总是有某个契机要出来的,所以对我而言是挺自然的,因为一直没有真正离开过。我记得很清楚,即使是在读博士期间,我当时每天到图书馆,也都是先写点东西,小说、散文什么的,然后再读书、做学术研究。我好像成熟得比较晚,当时也已经二十七八岁了,但还是很简单地、乐此不疲地在写,写完自己看一看、改一改,我记得当时也让别人看过,但是好像都没有想去发表,觉得好像也无所谓的。所以我好像是比较晚才进入所谓的"文坛",但是也好,人生就是这样子的。晚有晚得好,你可能会写得更持久。对我而言,前三十年一直在积累,一直在阅读、思考,然后再磨炼自己的笔,结果可能慢慢地有一些进步。我觉得如果一个人在很长时间里,一直是自己默默探索,那他可能就会有更真挚的东西始终包含在里面,这种东西是个内核,会影响你以后漫长的写作,比较少有名利的缠绕,就只是老老实实地看书、使劲琢磨着怎么写东西,这种状态其实是很难得的。

行 超: 近些年很多批评家、学者"转行"写小说,大家好像多少觉得有点隔膜,因为做学术研究更依赖的是理性思维,但是写小说还是更侧重于感性的发现。我也是渐渐地发现，其实这些"转行"的学者，他们早期都有过创作的经历，只不过有的作品发表了，有的没有发表，所以不为人知。不太了解您的人可能觉得您是从文学批评领域转到非虚构，又转到小说创作，看起来好像总是在"跨界"，但是如果梳理您整个的文学历程，会发现其实一直是在坚持创作的，所以后来从文学研究转向文学创作，与其说是"转型"，不如说是"回归"？

梁 鸿：的确，对我自己而言，这些转变是顺其自然的。我记得当时我的博士论文答辩时，一位很资深的教授看了我的论文说，你的博士论文写得还挺感性的，这么写行不行？她当时是有点怀疑的，但后来想了想还是觉得，这样写其实也挺好的。当时我印象挺深刻的，她最后还是说，挺喜欢我的论文的。我一直不是纯粹的学院派，我的本性一直在那，所以情不自禁就会用一种比较开放性、感性的语言，所以即便是做学术、写论文，可能也还跟别人不太一样。

行 超：我们再谈具体点，您二十岁左右的写作，实际上是自发的、感性的、自然流露的，后来经历了一系列的学术训练之后，又创作了"梁庄系列"，以及之后的许多部小说。那么，中间这一段时间的学术训练，对于您的文学创作，包括语言、观念、思维方式等各方面，产生的是什么样的影响？它会压抑创作中那种飞扬的、轻盈的东西吗？还是会提供什么新的意义？

梁　鸿：我自己觉得不是压抑，其实这也是我最近几年一直在思考的问题。一个作家的思维，尤其中国作家的思维、语言形态到底是什么样子的？我发现中国的作家，不管是哪个年代的作家，其实大部分都是比较关注于纯粹感性的、感情的问题。但你稍微再琢磨一下，欧洲的作家，他们大部分都和理性问题缠绕得非常紧密，他们常常感兴趣于哲学、逻辑，包括天文、物理，等等，你看卡尔维诺，他学习过很多物理、数学的问题。相比而言，中国作家的知识面是有些狭窄的，包括我自己在内，感性经验非常充分，但我们的语言形态是单调的，因为我们的思维可能一直是一种纯粹感性的状态，很少受逻辑的、理性的知识的洗礼，因为这不是我们的生活形态，也不是我们的知识形态。所以我觉得，像我们这样算是受过科班训练的作家，是不是能够找到一种语言，能够包容、能够多向，能够在理性和感性之间达到有机的融合？虽然我也没有成功，但我觉得这应该是一种努力的方向。现在我们的资讯发达多了，获取知识的方式也变得相对容易，我们这一代作家与"50后""60后"的前辈相比，应该说接受了更多的教育，掌握了更多的知识，所以我觉得我们应该花更多的时间去磨炼我们的思维方式、语言形态，换句话说，用一种知识的语言来进入文学，或者把知识融进文学，变成文学语言，知识不单单是知识，它应该是生成性的。我们都会引用，但仅仅引用一个知识点是没多大意义的，它不是一个语言形态本身，或者说它不是一种思维形态本身。真正难的是要将这两者进行有机的融合。

所以对于我而言，我写了那么多的论文，我的语言太理性了，既然这样子，我就不应该让它成为写作的一种障碍，而是要克服它，我要把它去除掉，在这个基础上，我还要扩张自己的语言形态。因为它已经是我生命的一部分了，我把它怎么样才能够融合到我的创作语言里，使它更加宽阔，这是我一直在琢磨的事情。这种扩张确实非常艰难，但我始终觉得，这不是一种障碍，反而是一个亟待我们这代作家去琢磨、去攻克的问题。因为说到底，怎么样使我们的文学更加宽阔，这跟我们使用的语言是有直接关系的，如何使用我们的语言，很大程度上决定了我们会呈现出怎样的文学。

行 超：这个问题特别重要。其实几乎所有的作家，包括您在内，最早期的写作都是源于纯粹的感性观察，是一种直接的情感流露。这个阶段，所谓"才华"当然是很重要的，但这个"才华"不足以支撑写作的耐力和持久度。有的作家二十年后写的东西、关注的问题跟他二十年前几乎没有什么区别，这个时候，二十年前那种曾经很吸引人的"才华"反而会变成他此后写作中最大的障碍和负担，它让作家变得视野狭隘，作品肯定也是越来越单薄。

所以我觉得，其实学术研究也好，理论学习也好，反过来对于创作来说是一个特别好的事，像您说的，它会培养另一种思维，也让作家跳出自己局限的小世界。我个人认为，您之后写"梁庄系列"一定也是因为您走出了梁庄，来到北京，进入到一个更复杂的环境里面，隔着一定的距离，回过头来再去看自己成长的那个地方，才会有不一样的思考。

梁　鸿： 我觉得任何经验都是要离开之后，才会得到一个更好的、完整性的认识。离开之后，你才会去真正体察它，包括我们现在生活在北京，我觉得北京是很难写的，当然也还是会去写，但这种书写是身在其中的，还很难说有一种整体性的把握。一方面，我们这个城市本身就是生长性的，还没有一个确定的都市性出来；另一方面，其实我们很多时候的经验，就是在你离开那个地方之后获得的。随着你的不断成长、知识的不断增加，才有可能对那个地方、对那些事物有一个新的理解力，可能我觉得这是一个正常的状态。

行　超： 对。在我看来，对于梁庄、对于乡土社会的观察和思考，其实成为您之后所有创作的底子。梁庄是"种子"，最先长出的当然是《中国在梁庄》《出梁庄记》，但又不仅如此，《神圣家族》《梁光正的光》《四象》，等等，即便是想象中的、虚构的世界和故事，也都是基于对现实的观察和思考，也是梁庄这颗"种子"结出的果实。

梁　鸿：应该是。我对梁庄、对乡土社会的思考，尤其是对其中复杂性的观察和感受，不仅是影响了我的创作，甚至也是我思维方式的底色。不管面对什么问题，我都有一种本能的思辨，我会更加注重"实感"，比如这个人在具体语境里是什么样子的，我不喜欢轻易去做判断，这种不轻易正是因为我看到过生活内部的复杂性、混沌性，我不愿意那么痛快地去表达，我觉得这种"痛快"有一种虚假在里面。当然这另一方面会造成我有时比较谨慎，或者比较软弱，我觉得那也没办法，这是代价，包括对一些观点的争论，其实我都很少参与，我觉得观点是干脆的、单一的，表达一个观点是很过瘾的，但其实这里面的偏见也是很大的，我自己其实不愿意轻易形成观点，并且写作到现在，我对所谓"观点"越来越警惕，还是更希望能够展现生活内部的多向、多义，至于它到底是什么，我真的不敢去轻易说。所以有时遇到一些社会学、人类学的学生，说他们的老师把《中国在梁庄》作为必读书目，我都会说我这是文学著作，里面肯定会有很多问题的。我这样说不是谦虚，而是因为我确实不想让它成为一种观点。早年写《中国在梁庄》的时候，我的观察确实是比较问题化的，虽然很多问题其实自己也没想清楚，但是那个阶段的思考是很珍贵的。我是觉得，如果真的形成了一个固定的、呆板的印象和观点，这本身就是一个非常有问题的事情。包括后来写《出梁庄记》、现在写《梁庄十年》，我其实都是努力写得更加放松一点，更加多维度一些，也是希望呈现自己这些年的思维的变化，更着重于呈现生活本身的形态。

行 超：我在读《中国在梁庄》《出梁庄记》这两本书的时候，明显感受到您在情感上、甚至立场上的那种挣扎、纠结，一方面，作为"梁庄的女儿",您当然对这片土地有很深的感情;另一方面,作为一个接受了高等教育的人,对于这里正在发生的问题,一定会有一种"批判"的眼光,而这种"批判"在情感上是不是一种对故乡的"背叛"?这很可能就是其中情感挣扎的来源。不过现在十年过去了,刚才听您重新说起梁庄,显然感觉到不那么挣扎了,好像情绪上松弛了很多?

梁　鸿: 对,肯定是这样,现在要松弛很多。写《梁庄》的时候我还是难免有些观点的,因为这个作品本身就是社会性的一种整体观,难免会有观点的呈现。所以后来有时候想想,确实还是应该更加谨慎一些。虽然我其实一直是以呈现为主要的目的,我从来不敢说总结一个规律、总结一种生活形态或者社会问题给大家,这本来也不是文学的任务,再加上我觉得自己其实是不太喜欢那样的写作,提供观点是很容易的,真正客观的呈现是很难的。

行　超: 坦白说,这一点可能也是"梁庄"系列所遭受的最大争议。您当时创作这两部作品时,是有意识地使用"非虚构"这个文体吗?

梁　鸿: 其实没有。当时写《梁庄》的时候,说实话并不懂得什么叫非虚构,就完全按照自己本能的想法去写的。后来写《出梁庄记》的时候,因为被大家叙述了太多次,"非虚构"已经变成了一个太热的概念了。这时候怎么写,我还是经过了一番思考的。你还用不用"我"来叙述?这里边还出不出现"我"?这是个特别大的问题,很多人批评《中国在梁庄》里面的"我"太过感情外露,情感浅薄、轻浅什么的,没有里面的人物自述好。我也是认真思考了这个问题,但是首先我有一个最本质的想法,就是要把梁庄写完——既要写在家的梁庄人,也要写在外的梁庄人,这样才能构成一个完整的梁庄,这是我最本质的想法。不管失败还是成功,我一定要把这件事完成了,这是第一点。第二点就是在决定要写的过程之中,我也一直琢磨,这个"我"要不要?刚才我们所说的这种情感性的东西还要不要?但后来我觉得还是要维持体例,只不过稍微有一点距离,退一点。之所以保留"我",是因为我觉得其实

《中国在梁庄》里边,"我"是特别重要的一个身份,是一个角色、一个观察的视角。"我"的那种心理,那种看待事物的、内在的情感方式,其实也就是我们大部分阅读者的心理和情感方式。很多《中国在梁庄》的读者,都是有一定知识水平,大部分也是离开家乡,脱离了原本生活的人,所以我觉得我也代表了这些人的视角。有人看着觉得"不舒服",这种"不舒服"实际是对自己的不舒服。所以我愿意把真实的自己袒露出来,实际上最后的效果也基本是这样子,像你说的,很多人看到了"我"的羞愧,这种羞愧其实也是读者自己的羞愧。

其次,我觉得这里面的"我"构成了多重空间:"我"既是城市人,也是梁庄人;既是所谓的知识分子,但同时也是一个普通的生活者,"我"在看梁庄这群人的时候,其实也是在一种创作的空间里,这个空间是读者能感受到的。因为实际上,我们每个人都可能是某个庄的人,你可能是李庄的,可能是王庄的人,那你与你的故乡也构成了一个空间感,这个空间是隔离的,但同时又有一种在场的感觉,它既不是属于你的，但同时又是你的一种感觉。所以我当时是希望能够有这样的效果，才再次采用了"我"这个视角。当然，在写的过程中，你的笔墨能不能掌握得好，这是另外一个话题。大部分读者看完之后会觉得，我的家里好像也有梁庄所发生的事情，我的家乡也是这样，这是我想达到的一个特别重要的效果。

行　超：所以梁庄的问题就不仅是一个个案，它是一个整体性的大问题的代表，是我们社会共同的一种存在，它变成了跟每一个个体都相关的问题。这就是文学。如果没有那个"我"，就很可能不是一个文学的文本，而是社会学的报告。《中国在梁庄》和《出梁庄记》的文学性其实很大程度上也来自这个"我"，"我"的视点、"我"的感受，不管是同情、反思，还是批评或者自我批评，其实都是非常重要的，这个当中包含着文学性。

梁　鸿：实际上也是说明梁庄内部它有种空间，有的时候我们看一个作品，可能只是你的事情，跟我没关系，看完之后大家哭哭笑笑，感叹感叹，就没了，你不会去再有一个更长远的思考。如果能够让每个人想到自身，而不是像看奇观一样地看梁庄的故事就完了，那么我想要的基本的写作效果就达到了。到现在为止，我自己感觉，这个"我"的保留的是对的。你现在想想，好像客观性外面包含着一层主观性，虽然你尽可能地把每个场景、每个人说的话、他的表情客观化地表达出来，但实际上，这个客观性的外面一直有个主观的眼光注视着，而读者又是用另一个主观的眼光来注视着这个作家、这个"我"，这里面有很多重眼光、多重空间。也是因为这样，让它成了有意思的文本，至于其中社会学的特点和文学的特点，如何能够找到一个有机的方式把它们结合起来，挺难的，说实话。

行　超: 是很难。因为你既是局内人，又是局外人，这其实也是我们的国家和社会在转型时期所面对的一种特殊现实。我们这代人，很多都是成长在城市与乡土之间的，比如我的爷爷、奶奶都是农民出身，我爸爸也是在农村长大，但是后来爷爷到县城工作，爸爸读了大学，留在城市。我从小生活在城市，但是"根"显然还是在农村，我以为通过读书，或者长辈的讲述，对中国的乡土社会是有一定了解的，但是直到之前奶奶去世，我回老家住了比较长的一段时间。我忽然发现，其实对于乡土我几乎一无所知，别说是具体的仪轨了，乡土社会的基本伦理、情感逻辑，与城市也是完全不一样的。作为一个外来者去观察，与真正作为其中的一员，按照它本身的方式去生活，其实是有很大区别的。您写梁庄的时候，是已经在北京生活了一段时间，然后为了写作又回去的吗？还是本来也经常会回去？

梁　鸿：确实是很不一样的。必须有这种切身的经验、感觉，才有可能体会一些更深层的东西。我读书出来之后，确实回去比较少了，当然寒暑假还是会回去，包括平常有什么事，基本上每年都会回去，回家之后我都会在村里逛逛，因为我哥哥在镇上住，镇上离我们家很近，走路都可以回去。我应该还算比较熟悉整个乡村的状况，但有的时候这种熟悉就像你说的，只是走马观花。所以，从外表看来，我还算比较熟悉整个村庄的人员，村里的老人我也都还认识，但实际上，确实还是有一些陌生感在里面。这是没办法的事，你就是回来了、看一眼，然后就走了。所以2007年、2008年，我再回去的时候，就在家里住下来了，然后有意识地每天去村庄里走来走去的，在那吃饭、找人聊天，确实有不一样的感觉，很多脉络的东西会一点一点出来，这是很重要的。同时，你会看到更细微的日常，每个人都是多变的，他这会儿是悲伤的，可能一会儿就好了。那他为什么悲伤？为什么一下子又好了？这种变化，还是需要花一段时间去停留、去观察。其实我觉得非虚构对我而言还挺艰难的，我还是非常看重这个时间段的停留和生活，这种时间的长度才能给我带来不同的感受。如果说让我去采访他们一下，然后就写一个非虚构作品，那对我来说太难了，我可能写不出来。

行 超：实际上，如果您是去另外一个村庄，或者是另外一个作家去梁庄，肯定都写不出来现在所看到的这种情感和深度。我记得《中国在梁庄》里写到，被采访的梁庄人的情绪是很复杂的，一方面，他们知道您是自己的乡亲，但是另外一方面，当您以一个采访者或者是作家的身份去跟他们聊天时，他们又多少会有点防备，这时候的心理、这时候说的话其实都是很微妙的。

梁　鸿: 当时确实是这种感觉。但是现在，你看我回到村里面，大家其实对我没有任何防备，我觉得我们梁庄人特别好玩，所有人都知道我写东西，但所有人都没有故意地、刻意地去隐藏什么，他们大部分都看了我的书，知道我在写东西，但从来没有人说你写得怎么不好、不对，我们梁庄人特别大方，我觉得北方人对知识的尊重是天然的、骨子里的，他们觉得你在写东西，这就是好事，哪怕你写到我的缺点，当然因为我也做了处理，但其实如果细抠，其实都是能看出来的。现在我再去采访吴奶奶，她的儿子、女儿、孙子，他们都会尽可能把自己的内心挖掘给我。比如我问一个本来在外打工的梁庄人，我说你好好想想，你到底为什么又回到梁庄来？他就会说，我想想，然后很认真地告诉我，我那个时候是怎么样怎么样，我觉得他们都挺可爱、挺好玩的。

行　超： 这次又回去做采访是为了写《梁庄十年》？

梁　鸿： 对，今年十月份又回去一趟，写《梁庄十年》我回去了三四趟。我为什么刚才说梁庄人很可爱，就是我在采访中感受到的。比如我采访一个在县城里面做生意的，我说你当年在东莞开服装厂，挣了二百多万，汶川地震还捐了好几万块，现在完全赔了，一分钱都没了。然后我就问他，你想想你生意失败的原因到底是什么？是性格的原因？时代的原因？还是这个职业本身的原因？他特别认真地想了很久，最后说："我性格当然有问题，我比较偏执"，另外，他说还是对这个行当不了解，他特别认真、特别坦诚，自我剖析得特别深刻。我觉得他对人有一种本能的尊重，他觉得你在思考一个挺严肃的事情，他也会跟着你去思考。我每次回家都要请大家吃很多次饭，我也喜欢大家在一块，聊啊说啊，特别有意思。我之前写《出梁庄记》的时候采访过一个小伙子，他的儿子梁安现在十岁了，这次又见到他，他妈妈就跟他说，你看这就是当年采访过你的那个姐姐，然后让他好好学习，将来去北京什么的。那个孩子就看着我，我感受到他其实很想靠近我，觉得很新鲜，然后又有点不好意思。这种交流我觉得挺好的，有一种与大家融为一体，成了一个大家庭的感觉。

你跟村庄的人打交道越多，越会发现里边的善意，就是那种人与人之间的最自然的情感。我觉得作为一个从外边回来的梁庄人，经常回去跟他们在一起是挺好的，会让孩子们有一种精神向往，某种程度上还是有一种启蒙作用的。我记得小时候，我姐姐老带着她们高中同学回家，聊一些听起来好像很高深的、不同于日常生活的话语，虽然我听不懂，但它会让你脑子里面有一种莫名的向往。我想如果我能够在村庄里起一点这样的作用也挺好的，我特别愿意去跟他们多交流。

行 超： 听您这么说，我觉得好像您现在回梁庄的感情、感受，跟十年前写《中国在梁庄》《出梁庄记》的时候是很不一样的，原来那种挣扎、紧张、沉重好像没有了,现在轻松了很多,是不是对乡土社会的认知有所改变,还是自己的生命状态也不一样了?

梁　鸿: 对,这次我有个特别强烈的感觉,就是不再像原来那么沉重了。很多之前着重关注的乡土社会的问题,现在已经内化了,当然我自己也在慢慢消化一些东西。但并不是说一种否定,而是看问题的视角、自己的状态变化了。因为我是在持续地观察,比如说我观察吴奶奶,《中国在梁庄》里看到她失去了孙子,看到她那种悲伤,但是现在看到的是她天天在家门口跟人聊天、说话,她又有了个孙女,每天很高兴。《梁庄十年》里有一节"吴奶奶上街去理发",我写到她孙女骑个粉红的小电动车载着她,出去转一圈回来,啥也没干,就是为了见见人,那一幕还挺幽默、挺好玩的。这里面有更细微的东西了,也就是日常性,日常性才是真正支撑一个人活下去的力量。之前的吴奶奶那么悲伤,但那其实只是一个点,一个她生命中非常重要的点,但在更长的时间中,她并不是每天都在以泪洗面,她还是在过一种日常的生活。以前我的写作可能更关注的是沉重的一刹那,当然那也是她生命中非常重要的痛,但是过了十年,你再去看她的时候,你发现她确实还有生命的另一面,这就像是"长河写作"一样。过一段时间再看看这个人,你的生命形态、他的生命形态都在变化,对吧?对吴奶奶来讲,孙子已经去世了二十年,可能她也在慢慢消化内心的悲伤,她更加真实地爱现在眼前的孩子,特别珍惜,把全部的心都给这个孙女了,好像要弥补上次的那个失误一样。

这次写《梁庄十年》我的确感觉变化特别大,确实比原来轻松一些,更能够体察到一些细节的东西,这种状态也是很重要的,这里面包含了我的价值观的变化,我对村庄的情感变化,等等。所以呈现梁庄,其实也是对我自己的不自觉的呈现。我现在不可能再写早年那么激烈的、问题化的东西,当然十年前那个时期可能也是乡土社会问题比较突出的阶段,这么多年过去了,很多问题不再那么凸显,变成了内在的、不那么容易一眼看到的问题。对于我写的梁庄人本身而言,该回来的回来了,该在外面的还在外面，老的老了，去世的去世了，吴奶奶生病了，明太爷意外死亡了，我的父亲也去世了，等等。这本身就是生命长河的不断变化。

行　超：这个变化很有意味。这次回去再看梁庄，之前观察到的那些问题、困境，有没有去比较看看，现在是有一定程度上的解决吗？还是会更严重？

梁　鸿：都是有连续性的，包括土地问题、房屋问题、经济发展的问题，等等，现在确实是有变化的，这种变化实际上也不仅是村庄的，外面的世界也一样。我觉得中国的乡村问题比较复杂，每个乡村的状况也不太一样，比如说像现在，整个国家的经济状况不断好转，对个人而言，在物质生活上都有很大的改善，梁庄也一样，但是这并不代表没有内在的问题。另外对村庄的实体而言，对文化实体和组织实体而言，里面还有很多问题存在，一方面我们的确在发展、在变化，另一方面，我们该怎么更重视一个乡村的存在，或者说你更能够了解作为乡村的存在，这还是一个大的问题。比如我问过一个原来在北京做生意的梁庄人,你为什么回家,不在北京干了?他说他精神上受不了,压力太大了,他都抑郁了,他说哪怕我在这少挣三分之二的钱,最起码我心里是放松的,这种感觉特别重要。另外一个就是刚才说到的,原来在东莞做生意的人,他现在没有钱,只能回家了,其实他是没地方可去了,回来之后其实也特别受气,同学们老嘲笑他,他心情挺不好的。但是不管怎么样,他还是选择了回来,因为他没地方可去,在某种意义上,故乡实际上还承载着一个人最后的希望。当梁庄人在外面没有地方可去的时候,梁庄一定还是最后他会选择回去的那个家。这种心理承载还是很重要的,还有很多人在外打工挣了钱,买了房子,却还是要回梁庄盖房子。看起来好像有点庸俗的心理,但实际上,他就是要有一种内心的安全感。我现在越来越能理解这种感觉,我父亲去世之前也一直想弄套梁庄的房子,说要弄个小图书室之类的,当时我没有认真回应,因为我父亲跟着我哥哥住在城里,我当时不能理解为什么要修村里的房子,就是虚荣吗?结果我父亲去世了,梁庄的房子更破了,现在想想挺羞愧的。这次回去，我站在自家的院子里面，感觉真的非常安静，好像一下子变得特别自然、特别舒服，它真的是能够让人感受到人与自然界的那种联系，我现在也想有机会再回去把房子修修，把院子稍微整理一下，回去待一待挺好的。

行　超： 从《中国在梁庄》的出版到现在，已经十年了，我的感觉，十年的时间对于城市来说，带来的变化可能是天翻地覆的，但是在农村，时空好像是基本静止的，现在的农村太安静了，也会有那么大的变化吗？

梁　鸿： 相对来说，农村确实比较凝固化，但是每个人的生命都是在变化的，生老病死、生生死死，这本身也是个发展。另外，在观念上，基本上在乡村，人的公共观念并没有真正的进步，尽管大家现在都有钱了，都盖了新房子，但对于公共空间的概念，对于公共精神的概念，村庄的整体意识其实并不鲜明，权力意识也不鲜明。只是说物质生活在发展，大家出门打工或者挣钱的门路可能相对多一些，但精神生活上的发展是很有限的。这当然也是个老问题，但同时，因为整个经济在发展，人的观点却没有变，那么差距就变得更大了，实际上也构成了一个新问题。《梁庄十年》里，我写了一章叫《人家》，就是说，大家都认为公共的事情是"人家"的事，跟自己没关系，一说到梁庄的公共事务，每个人都不大热心，"那是人家的事情，管他呢"。这种想法多奇怪呀，大家都在这住，你不希望这个地方好一些吗？咱们祖祖辈辈都在这，以后你也要住、你的孩子也要住，对不对？这实际上就是乡土社会中权力意识的模糊，乡土社会中公共精神始终还是一个特别大的短板，这跟城市有很大的区别。总体而言，我觉得现在乡村的问题是更加内化了，表面看起来冲突少了很多，但是深层的、精神、心理层面的问题，我们还是没有充分关注到。

行 超： 这种内化的问题，其实是更容易被忽视的。我们刚才一直在聊"梁庄系列"，其实在这两个作品之后，您的创作是以小说创作为重，从短篇小说集《神圣家族》，到之后的长篇小说《梁光正的光》《四象》，可以说，文体的多变是您的一个明显特点。这种不断的变化，是写作中的主动尝试，还是不同写作状态下的自然产物？文体对您来说意味着什么？

梁　鸿：对，中间几年写小说比较多。应该还是自然而然，说实话，我对文体的意识并没有那么鲜明，很多人劝我继续写非虚构，主要精力放在这个文体上，但我好像对这个没那么大兴趣，我内心还是觉得，根据自己在生活中的感受，根据自己的写作状态，想怎么写就怎么写，这个好像对我来说更重要。我希望能始终坚持自己内心的想法，我不会去规划第一步达到什么状态，第二步达到什么状态，第三步达到什么状态，最主要是我想写。比如写《神圣家族》时，我就是觉得特别好玩，特别想写里面那些人物，也没有考虑文体的问题，虽然是小说，但实际上里面包含了很多非虚构的元素。我就是这样写的，它既是真实的，可能又有一点点想象的东西，我觉得没关系，在这方面我还算是百无禁忌，没有给自己弄个框框，我觉得框框是别人给设的，写作者的真正任务是要突破这个框框，这才是有意思的。当然这也可能造成一些困扰，比如你写小说的时候，别人可能觉得你是新手，没有写非虚构时候的那种评价，但我觉得这也很正常，慢慢写，我是可以承受这种后果的。

行　超： 确实，每次看您的作品，我都会觉得是又一次突破。写作风格对每个作家来说都是非常重要的，个人风格的形成，其实很大程度上是依赖于长久的积累。但是在您的写作历程中，似乎更重视的是变化与挑战？

梁　鸿： 我觉得我骨子里可能讨厌重复，我无法忍受重复，你让我一直待在一个地方我真受不了，这是天性，不是为了写出什么新的东西，而是天性使然。我一定得变，因为我脑子里想的事情在变，所以写的东西也要变，所以不是说强行的为变而变，而是随着自己的思考、自己的想法，包括我不久前写的短篇小说《迷失》，我个人感觉也挺有意思的，就是一个梦中之梦，包括写到了知识给人的缠绕，女性身份，一个写作者的困境，等等，也是我的一种思考。

行　超： 说到这个小说，我还有一个问题。说实话，我看您所有的作品，并不会看到那种明确的女性主义立场，性别意识在您的笔下应该说是"内化"的。我不知道这跟您做学术研究，多理性思考有关吗？

梁　鸿： 我觉得写作是没有性别的。但是你的性别是一种本身的存在，所以写作中自然会涉及这一层面，自然会敏感到某一点。但是我不会因为我是一个女作家，就一定要去写什么女性主义的话题，只是因为你自然的性别身份，赋予了某种观察的维度，这方面我是特别浅淡的。

行　超： 很多女作家好像不喜欢别人说她是"女"作家，只强调自己是"作家"，您应该也不抵触女性身份吧？

梁　鸿： 我绝不会抵触。我在《梁庄十年》里专门有一章"丢失的女儿"，就写两个女儿嫁出去了，没有身份，乡村很多女性都是这样的，她们没有名字，只是作为"谁谁家的"而存在。我发现我早年也写到了这方面的问题，很多女性人物都没有名字,只是二嫂、奶奶,但是我在写的过程中,并不是刻意地站在女性的视角,要写一些女性的问题,而是非常自然地呈现过程,如果我想到,我就去写,如果没有想到,我就不会这样去写。

但是我绝不反对以女性立场来写小说或者来思考问题,因为我觉得这是我们文明里面最大的缝隙之一,这个问题,我觉得不管是作为女性,还是作为男人,都应该思考。这是社会问题、文化问题,它跟种族、政治等问题是一体化的,这就是我们文明的形态。在生活中,我们时时刻刻都会遇到很多偏见,很多看起来知识特别渊博的男人,在这方面其实就是空白,"我们家钱都是我妈管着",觉得这个就是女性地位的表现。这是吗?在我们的文化里,关于所谓的男女平等,男女之间的关系,或者女性在漫长的文明史里面的地位,其实真的很少有人去深入的思考,现在为止依然是这样的。

行 超: 您说的这个问题,我觉得现在已经不仅是男性的盲视,很多女性也在慢慢地服从于这种逻辑。这几年全球范围内女性主义成为一个潮流，但是在中国，我反而觉得现在是在倒退。就看看我们当下的文学作品吧，现在很多"70后""80后"的女作家，虽然生活在一个看起来女性地位应该是相对比以前好的社会中，但是你看她们的作品，其中的女性意识与张洁、铁凝、王安忆这一代的女作家相比，其实是在倒退的。我很奇怪这是为什么？

梁　鸿: 是有这个感觉。我觉得对于女作家来说，不是说每个题材都要涉及女性，而是你脑子里应该始终都有这根筋，或者你的认知层面应该包含这个东西。这样自然而然地，你就会在写作里面呈现自己的思考，不用刻意怎么做，就像我们思考生活的本质一样。可是如果你连这根筋都没有，你的作品很可能连基本的女性意识都没有。

行　超: 对，这个应该是我们的自觉意识，今天我们肯定不会像世纪之交那批女作家那样写女性话题，那个时候，在特殊的历史语境中，女性主义可能是一种旗帜、口号，但今天不是了。我在看您的作品时就有这种感觉,虽然不是为了彰显什么女性主义的立场,不是要写一个女性主义的话题,但是其中所涉及的很多细节,比如《中国在梁庄》的"黑女儿"一节,往细处琢磨,背后都是有女性意识在里面的。

梁　鸿:对,这就是我的自觉意识,是我所有意识的一部分,不是说我刻意地要怎么写,那都是太早时候的事了。在今天这个时代,这种语境之下,性别问题应该完全是作家的自觉意识了,如果到现在我们作家还没有这种自觉意识,那我们的文学就很难发展,我们的社会观念也很难发展。

行　超:我记得您的博士论文是做的中原作家研究,写这个论文的过程中,您对中原,尤其是家乡河南的文化有什么新的认识?您觉得您的写作跟您曾经研究过的那些河南作家有什么不一样?

梁　鸿:对,我的博士论文相当于是做了中原文学史、外省笔记,它对我的写作还是有帮助的。通过这个研究,我对中原地区的一些地域性的文化特点，包括几位作家的写作特点，都有了一种整体性的认识。当年地域文化研究还是很热的，我的论文主题是从外省文化空间的嬗变去看中原文化的变化，试图在文学、文化之间找到一种勾连，以河南作家的创作为主。那几年搜索了很多资料，包括晚清时期留学生在日本怎么活动，民国时期作家是怎么进行社会活动，各种观念的冲突，等等，很多收获不是显见的，而是一点点累积起来的。

我觉得自己还挺幸运的，有那么一番研究，使以后的写作越来越顺畅。首先，叙事的方式不一样，看待世界的方式不一样，看待文学的方式也不太一样。比如刘震云，他是有大智慧的、经验特别丰富的作家，他小说里面的想象力、驾驭语言的能力、构造故事的能力是非常强大的。在这方面，我可能是没有办法跟他进行对抗的，所以我觉得我作为新一代的作家，恰恰是要戳破这种"文化原型"，反其道而行之，要有新的写作方式，这是非常重要的。前代作家所建构的世界，他们的文学能力已经发挥到极致了，你也写不出什么新鲜东西来了，但是，你的思维在变化，你看到的世界与他们不一样，自然而然也不像他们那样写，你的知识结构、整个思考状态，都应该是去"破"的。所以当时为什么我要用那种方式写梁庄，我本身就不想写成小说，我觉得这类小说我看太多了，莫言、贾平凹、阎连科、刘震云，他们写了那么多，有那么宏伟的著作在前面，方方面面都涉及了，文化变迁、性别关系、民族性，等等，他们都有呈现。这时候再去写一个关于梁庄的小说，我觉得没有任何意义。我要找一些新的方法，同时也是自然而然地形成了一种新的视角，就是要进到那个场域去看一看，看看里面的每一个人，也挺好玩的。

从狭义的文学性来讲，我觉得当年《梁庄》写得非常一般，但它有独特的味道，正是这种特别才会使得它在文学史上有成就，在文学的序列里面稍微有点位置。这可能就是因为我选择了用新的方法呈现乡村，它表现了有乡村经验的这一代作家新的起点，带来了一种不同的景观。

行　超：乡土社会的问题一直是受中国作家关注的，那几年也刚好是乡土文明转型的关键时期。现在十年过去了，乡土好像越来越衰落了，乡土文学也越来越少了。有时候我会觉得，在我们的社会高度城市化之后，过二三十年，不知道还会不会有人再写乡村？很多年轻人完全切断了与乡土的联系，而真正完全在乡村长大的孩子，他们可能很难发出自己的声音。

梁　鸿：对，是这样的，这是很大的问题。不管怎么样，乡土社会或者乡村社会仍然是中国现实中巨大的存在，作为有这种经验的作家该怎么来写，这实际上是摆在我们面前的重要任务。很多"90 后"作家完全在城市生活，你没有办法苛求他去写乡土。我们这样的作家，毕竟还是在经验之内，我觉得是有义务找到一种新的叙述方法，让乡村呈现出它内部不一样的东西来，这是我们这代人的责任，我们这代作家承担着承前启后的作用。而且确实，有书写能力的，并且能够写得很好的大部分都是城市的孩子，以后会写作的农村孩子越来越少，发声的机会越来越少，但是这并不意味着它不存在，我们中国社会到现在还有多少农村孩子,如果把它完全忽略掉,是很有问题的。对我而言,不说有使命感,最起码我觉得挺愿意去写乡土的。对于一代作家而言,如果说对这么大的现实避而不见,避而不写,肯定是有遗憾、有问题的。

行　超: 我觉得我们现在的生活越来越呈现一种分裂的状态,比如我们研究文学的人天天在一起,关注的、讨论的都是特定的、类似的问题,长此以往,我们会觉得可能世界就是这样的,但实际上,我们的生活只是这个世界中很小很小的一部分。好多作家写着写着就写不出来了,或者写不好了,我觉得可能就是因为他成了一个作家,又仅仅过着作家的生活。我看到您有一篇创作谈《艰难的重返》,里面提到自己在高校生活,每天关注的都是抽象而高蹈的话题,我很能体会那种感觉,就是有一天你忽然觉得,完全不知道自己做这些研究的意义何在,它与我的生活本身到底有没有关系?

梁　鸿: 我是这样想的,我觉得作家的生活也是有意思的，作家生活并不代表不能写出好东西，但是一个作家还是要超出自己的舒适区去找感觉。作家生活的文学圈子真的容易封闭，这是现实，没办法，基本上一个作家的前十年写作是个人的经验，随着时间的推进，你慢慢局限在书斋之内，早年生活的经验、感觉慢慢被书写得差不多了。另外，人的思维本身就应该是交叉思维，我们看书、思考都是很重要的，是一种智识生活，但我们的生活的确很容易成为象牙塔，如果你天天在家写作，确实很容易陷入一种空对空的状态。并不是说你没有在生活之中，但你一直生活在舒适区里，对一个长久要写作的人而言，是绝对不够的。我觉得我的写作就是得益于天天走来走去，不仅在学校教书，还会回梁庄，去别的地方看，跟现实经验还算有保持某种勾连。我们的生活都很狭窄，你要获得所谓的真实感，就必须走出舒适区看看，跟各种人聊天、说话，观察，才能获得一些新的灵感，新的冲击，新的写作能量。

行　超：《四象》显然就是一次冲破"舒适区"的尝试，在结构上，选取春夏秋冬作为四个章节，每个章节中又有四个叙事者的声音,以此勾勒出四个人生、四段历史。这种结构与小说前面的引文:"是故,易有太极,是生两仪,两仪生四象,四象生八卦,八卦定吉凶,吉凶生大业。"(《易经·系辞上传》)形成了呼应,形式本身也似乎具有了意义。不过有时候,过于追求结构与形式会对写作构成一定禁锢,甚至会导致读者的阅读障碍。您有没有考虑过这个问题?

梁 鸿: 在这方面我确实比较任性,其实当时很多人给我指出了这个问题,可我觉得挺简单的,没那么难懂吧?后来想想还是应该考虑读者的反映,有机会再做修订吧。是我太喜欢这种语言形态了,我喜欢喃喃自语,喜欢吵架、说话的这种方式,我一直着迷于这个状态,一个人在时间的河流之上,凝视了许多年,那么寂寞了许多年,终于来了一个人把他们带出来了,几个人物就这样相遇了。我很喜欢这种感觉。大家蹲在坟里去看湖泊,看海里是什么样子,林子是什么样子,他们各自在想什么,这个意象迷着我了。

行　超：我第一次读这个小说也觉得有点障碍，不过第二次读就完全解决了，回过头来看，也能理解您对结构的考量。比如，小说中的四个主要人物，都有着改变个人所处的具体现实的愿望，只是路径不同。韩立挺继承了祖先的"天"，希望通过传递信仰来改变大众。韩立阁主"地"，他更经世致用，所以一直在"复仇"。灵子代表了人的原初生命，她天真无邪，接近一种"法自然"的状态。小说最后写到，孝先小时候父亲曾告诉他，那三个坟头上始终寸草不生，暗示了他们生前命运的悲惨，其实也说明了他们无力改变任何人、任何现实的结局。这四种价值观、四段历史、四种信仰，通过四个声音融合在一起的时候，会碰撞出很多东西。

梁　鸿：最起码有所碰撞，但实际上韩孝先可以再写好一点，就是活着的人，他的生活线可以再写得清晰一点，这一点我当时没有处理好。他作为一个活着的人，又是重点大学毕业生，怎么就精神分裂了，怎么样回到湖泊、遇到了这4个人，他们怎么重新回到世间去行骗，成为"大师"，这段写得太隐晦了。很多人都觉得有点晦涩，这个地方可以稍微加点现实的描述，更鲜明一点，整个文本读起来就会相对容易一些。

行　超： 韩孝先无疑是这个小说中最重要的人物。他是串联此岸与彼岸、历史与现实的桥梁，他出场时是牧羊人的形象，带有救世主的意味，小说前半部分，韩孝先也一直都被赋予了这样的希望。但是到最后一章，他发生了明显变化，开始纠缠于物质和现实，我一度担心他被写成一个当代生活中典型的江湖骗子。但是最后，孝先回复成了一个普通人，他既没有救世，也没有沉沦，而是重新回到了人间。您是怎么设置这个人物和他的命运的？

梁　鸿： 当时想了好久这个结局，不能让这个人就此断了，要不我写小说干吗呢。现在很多作家特别喜欢写"丧"，我骨子里不太喜欢这种精神，我觉得小说不要过分光明化，但其实还是要有逆反的。其实韩孝先出去之前，他也比较决绝地做这件事情，希望把大家的欲望重新收敛起来，还要真正做一个上师，作为一个真正的救赎者。但如果他只是行走在人间的所谓"上师"对我来说也不够。我觉得现在这样写，对这个人物来说，确实是完成了心灵的成长，得到了一种自我完成。很多人都说这点挺意外的，在别人看来，叙述上稍微有点混乱，这个考验读者耐心。

行　超：小说中的灵子是一种孩童的视角，她完全没有进入世俗，体现的是人的本真。您刚才说您小时候特别爱观察自然，我就想到了这个人物，可能里面有很多都是自己的观察？

梁　鸿：灵子其实还是有原型的。这几个人物除了孝先都是有原型的，灵子就是在我母亲坟旁边埋着的一个小女孩，不知道她叫什么名字，没有墓碑，我们后来只能靠想象。那个小女孩的坟应该是很早就被遗弃掉了，家人都不在意她，快看不到了。每次我们去给母亲扫墓，都有人提醒说别踩在上面，这是谁谁谁，但好像也没人真正记住她的名字。后来我们把她的坟头稍微拢了拢，年复一年做这件事情，当我开始写作的时候，这个人物突然就出来了。

当然灵子的视角也确实有我的影子在里面,我是特别着迷于自然的。上初中时特别爱逃学,天天在河边荡来荡去,看看这个,看看那个。在村庄教书的时候,周边也有一个湖泊,一到春天,开满了五颜六色的小花,特别美,我每天看书、学习,生活也很寂寞,那个印象是非常深刻的,所以在写作时也不自觉地会用进去。

行 超: 韩孝先是没有原型的吗?我以为他的原型是《出梁庄记》中的"算命者"贤义,我记得您写到贤义外出打工受挫后自学《易经》,成了神秘的"算命仙儿",这个人物跟孝先很像。

梁 鸿: 孝先应该是没有原型的。但你这么说起来确实是有点像贤义,但是我写的时候一点都没想到他。我脑子其实有另外一个人,是我的一个同学,他是得了精神的疾病,我去看过他,张口就是陶渊明、毛泽东,什么都编在一起,编得还特别才华横溢。后来我查了很多案例,发现精神病患者其实脑子非常发达,他沉浸于一个世界里面,说话滔滔不绝,不知道从哪来的那种潜意识,所以你看小说中韩孝先说起话都是那种滔滔不绝的、大段大段的，现在我都不会说了，不知道当时是怎么写出来的，应该是完全沉浸到他的世界中去了。

行　超： 在我看来，小说《四象》的最大难点还不是结构，而是语言。小说中有四个叙事者，因此必须创造四种不同的语言，以此构建出他们四种不同的性格。在这一点上，这部作品在您的创作中是一个大的突破。您是怎么区别这四个声音的？另外，小说正文前引了狄金森的诗，文中韩孝先有一段呓语式的呐喊，以及小说结尾处的最后一段，其实都是里尔克的著名诗篇。诗歌对您的小说语言有影响吗？

梁　鸿： 这个小说的语言确实挺考验人的，像你说的，要创造四种语言。你得分别进入四种状态里边，每个人物都需要找到合适的语言形态去对应，同时你还得兼顾，四个人是四个扇面，不能重复，还得相互彰显。所以你看孝先的语言是疯癫的、狂热的、滔滔不绝的，有点呓语似的，怎么写这个人物的语言，当时我也找了很多的资料，然后我就觉得自己也是滔滔不绝的。韩立阁的语言是略微带一点古典性的半文半白，这也是符合他人物身份的，他是晚清时期的人，学过古典，也学过西方的理论，所以他的语言是有点古今混杂的。韩立阁因为信仰的关系，他的语言比较靠近基督教，相对比较透明一点，善良、慈爱什么的。而灵子就是纯粹自然的、轻快的语言。四个人是很不一样的，我现在已经写不出来了，已经恢复到一种很正常、平庸的人的说话方式，真的是要沉到那个状态里面、真正进入那个人物的世界才可以。

里面的诗歌有一些是引用的，还有一些是我自己写的。我平时也是偶尔写一点，写得特别不好，但我喜欢诗的语言，《四象》里还是有一点诗的感觉，因为很多有喃喃自语的部分，那个是接近于诗歌的。我觉得诗歌阅读对作家是挺重要的，它对我的语言确实有锤炼的作用。这个小说其实我也改了两年，主要就是试着想把握一种语言形态，应该对以后的写作也有帮助。

我更心仪"中年写作" × 徐则臣

某次在江苏淮安参加一场文学活动,夜晚时分与同行的朋友们一起在寂静的老城散步。我们不约而同地想起了徐则臣——这里的小巷、运河、青石板路,都曾是徐则臣小说中"花街"的原型。也是在这时,我似乎理解了"花街"在徐则臣创作中的意义。之后,从"花街"走出去的徐则臣来到北京大学读书,写出了"新北京人"视角的《跑步穿过中关村》《如果大雪封门》等作品。2014 年,徐则臣出版了长篇小说《耶路撒冷》,讲述的便是从花街走向世界的一群年轻人。小说书写了一代青年人的生存现实与内心困境,被誉为"70 后的心灵史诗"。

某种程度上,小说家徐则臣所走过的路,恰恰昭示着这个转型时代一代青年人的精神成长过程。与此同时，徐则臣多年来不疾不徐、稳扎稳打的写作态度，仿佛也在昭示着"70后"作家的写作伦理，显示了他们的眼界、境界——正如他所说："我对这一代人的写作充满信心，在成长和精神上的断裂、纠结、失重和焦虑中，只要他们足够的真诚和勇敢，是可以把他们和时代的复杂性有效地表达出来的。"

这篇采访完成于 2017 年年底。次年，徐则臣推出长篇小说《北上》，并凭借这部作品获得了第十届茅盾文学奖，成为第一位获得该奖的"70后"作家。这或许多少能够证实我当初的判断：徐则臣的写作起点颇高，几乎是一出手就显示出他个人的文学理想和艺术风格。作为"70后"作家的代表，徐则臣的写作有诸多面向：知识分子的、学院派的；思辨的、现实主义的；乡土问题的、城市题材的……但最终都指向了他作为一个作家思考的高度和深度。

行　超：您的写作起点颇高，可以说一出手就已经很成熟了。从早期的《花街》《啊，北京》等中短篇小说开始，到最近的长篇小说《耶路撒冷》《王城如海》，您的作品始终保持着一种深沉悲悯、

扎实厚重的风格，带有很强的思辨色彩。作为一个七十年代末出生的人，您的写作似乎比同龄人更多了一种中正、稳健的气质。

徐则臣：天才的第一声啼哭也不会是诗，谁都是摸爬滚打出来的，只是鼻青脸肿的时候别人没看见。在《花街》和《啊，北京》之前，我已经写了好几年。但到了这几个小说，的确不一样了，我自己也感觉上了轨道，你说的这些特点已经显现出来了。我找到了我的性格，也就找到了我的语言和我的风格。未必十分准确，但走在通往准确的路上就可以。我希望进行一种开阔、复杂、本色，能让自己和读者沉下去的写作。沉溺于一己的经验和情调的写作当然也很快意迷人，但我更喜欢打开的、建构性的写作，我希望能够通过写作创造出一个有能力面对真问题的阔大复杂、静水深流的乌托邦。我已人到中年，这也是我眼下心仪的"中年写作"。

行　超：整体来看，您的作品具有一种"实"的力量，这个"实"一方面来自您多年来始终坚持的现实主义写作手法，另一方面来自对书中细节以及所涉及领域的坐实。比如《耶路撒冷》里涉及的二战历史、《古斯特城堡》《去波恩》中的异域经验等等。对于那些与个体日常经验距离较远的陌生知识领域，您似乎都有一种学院式的、考古式的热情？

徐则臣：在我看来，写作的最重要的美德之一就是经得起推敲。细节是上帝，准确是细节的灵魂。经得起推敲，就是要求细节的足够准确。虚构其实也是回忆，只有准确的细节才能有效地重返现场。所以需要"坐实"。我写作需要充分的资料和田野调查，在我看来，涵纳足够的信息量也是文学的美德之一。这些信息要力求准确，尽量别有硬伤。一部作品写得好不好可能是能力问题，有没有硬伤是态度问题。写每一个小说，自始至终我提醒自己最多的一句话是：要坐得了冷板凳。跟别人我不比聪明，比笨。

行　超：现实主义是您多年来始终坚持的写作手法。不管是"花街"系列还是"京漂"系列，您的小说基本上都是建立在对现实生活的细心观察之上，形成了对时代和人的生存之思考。你也多次提到，自己的写作面对的是全球化的背景。那么，您认为，在现实生活如此瞬息万变的今天，现实主义写作手法应该如何把握现实？

徐则臣： 我也有一些不那么现实主义的小说，可能大家都没太在意。不管我们是否承认和愿意面对，全球化都是我们的根本处境，我们每一个人都身处在一种前所未有的复杂关系中。身处全球化，并不是说各个国家的人都要给你打电话，而是说，全球化的视野已然成为我们世界观的背景，全球化也正在影响和修改我们的世界观。如果文学的确是世界观的反映，那么即便躲进小楼，你也没法装作看不见这个浩瀚、复杂、紧密的社会现实。在一个高科技的、全球化的网络时代，生活的确前所未有的复杂，说瞬息万变可能不为过，那么这种瞬息万变的现实，如何通过现实主义呈现出来？我以为首要的是正视现实，正视现实中人与世界的关系发生了变化，正视人与世界的关系发生变化带来的内心和情感上的变化，正视新的现实下我们面临的新的问题和新的焦虑，以及由此产生的新的认知和表达方式。无边的现实主义，就意味着现实主义的手法也要随着世界的变化而变化,以文学建构这个世界的方式、表达这个世界的方式,包括具体的修辞,都需要与这个世界的变化建立一种及物的关系。所谓一代人有一代人的文学。

行 超: 您的多篇作品,好像都是先有题目,然后才有内容和情节的构思?可见,对于小说的主题以及想要表达的思想,您是有明确而自觉的意识的。不过,这样会不会担心出现"理念先行"的问题?

徐则臣: 各人写作的方式不同,有人必须小说写完了才会生成题目,有人必须先有题目才有小说。我只是无数的后者作家中的一个。"理念先行"本身无可厚非,只有你没能力处理好的时候,它才是个坏东西。事实上,世界上最好的文学和最坏的文学,都是理念先行。没有一个高昂的立意,没有一个好的问题意识,别指望有优秀的作品出现。我写作的动机越来越单纯,就是有话要说。这个话是疑问、困惑,是某个值得与人分享的发现,我才会去写。写作是探究、寻找、发现和完善的过程。哪天无话可说了，我就不写了。

行　超： 莫言说过，长篇小说就是要长，理直气壮地长。在我看来，长篇小说的"长"不仅需要勇气和决心，更需要学养、知识和哲学思考能力的支撑，那些"理直气壮"的长的作品显示了作家的格局和气度。用六年时间写完四十五万字的《耶路撒冷》，您对于长篇小说、对于个人的写作生涯以及对于写作本身是否有新的认识？

徐则臣： 写作日久，我越来越发现，写作的勇气比能力更重要。没有足够的勇气，一部作品永远是空中楼阁，最终胎死腹中。对一部长篇小说，写下第一个字，那笔真有千钧之重。如你所说，长篇之长，肯定不仅仅是字数上的指标，更是勇气、决心、学养、思考力、格局和气度的结果。勇气是万里长征的第一步。《耶路撒冷》耗时六年，六年里我都在长篇小说这个文体里摸爬滚打，弄出了一身伤，也有了一大把的收获。写完这个小说，我基本明白了长篇小说到底是个什么东西，我也知道了我究竟需要什么样的长篇小说，更重要的是，这部小说给了我足够的信心，至少在方法论的意义上，只要我足够努力，我会距离我理想中的长篇小说越来越近。

行　超： 小说《耶路撒冷》中有一节，借助初平阳的专栏文章"这么早就开始回忆了"，表达了您对"70后"一代生存现实和精神世界的观察与理解。"到了七十年代，气壮山河、山崩地裂、乾坤倒置的岁月都过去了，我们听见了历史结束的袅袅余音。如果听不见就算了，可以像"80后""90后"那样心无挂碍，在无理式的历史中自由地昂首阔步；问题是我们听见了，那声音参与了我们的身心建设……""70后"所面临的这种历史转折与断裂，是他们的成长背景、精神起点，同时也造就了他们与"50后""60后"，以及与更年轻的"80后""90后"在文学风格上的巨大差异。您怎么看待"70后"的写作？

徐则臣： 谁也没办法完全跳脱时代和环境的规约。"70后"的写作可能更接近"50后"和"60后"，我们的身体里回荡着理想主义和集体主义的余音，正大、庄严的东西还在，深刻的真诚和焦虑也在，当然，自知和不自知的虚伪和假象也在。不管好的和不好的，只要能够及物地诉诸文学，于文学都是好的。和很多有识之士的看法不同，我对这一代人的写作充满信心，在成长和精神上的断裂、纠结、失重和焦虑中，只要他们足够得真诚和勇敢，是可以把他们和时代的复杂性有效地表达出来的。

行　超：《耶路撒冷》中的初平阳以及他的朋友福小等人，经历了一个"到世界去"又"回到故乡"的精神寻找和成长过程。小说的结尾依然充满了困惑和困难，但正是在这样漫长而艰辛的自我确认后，他们仿佛重新获得了新的看待现实与历史的方式。

徐则臣：小说的结尾完全出乎我意料。写作对我来说，从来都是一个探究自我和世界的过程。跟着人物走，贴着人物写，我相信他们能把我带到我也无所知的应许之地。年龄、阅历和思考力决定了我们内心的高度和复杂性，几无拔苗助长的可能。这个小说早几年我是写不出来的,写出来也不会是现在这个样子。我和初平阳他们一路同行,不曾掉队和三心二意,所以才会一同到达终点。

行　超: 如同福克纳所说,很多作家都是从自己"邮票大"的故乡出发展开自己的文学创作的,就像高密东北乡之于莫言,香椿树街之于苏童,商洛之于贾平凹。可否谈谈现实意义上的故乡和作为文学故乡的"花街",对您的创作都产生了怎样的影响?

徐则臣: 花街确有其地,确有其名,但我的故乡不在花街。这些年我的写作,最重要的工作之一,就是把故乡的人和事搬到花街上。作为现实故乡的记忆和想象从没远离过我,她是我永远的根据地,但只有把这些记忆和想象搬到花街上,写起来才更加得心应手。回忆和想象需要一个合宜的审美距离。现实的故乡和文学的故乡对我都很重要,一个都不能少。在我的作品里,花街一直在成长,这个世界有多辽阔,花街就有多漫长;这个世界有多丰富,花街就会有多复杂;直到花街变成这个世界本身。

行　超: 您的小说塑造了一批内心有困惑、有迷茫、有挣扎的当代知识分子形象。通过他们的挣扎和思考,也呈现了作家本人的内心世界。您怎么看待知识分子题材以及知识分子写作在今天的意义?

徐则臣: 对知识分子的定义在当下越来越暧昧。因为种种原因,知识分子无法满足民众的期待,这个群体在当下饱受质疑和诟病,已然被降格为知道分子。不管知识分子还是知道分子,在当下都差不多,变得越来越个人化,茫然和犹疑多于确信,虚弱和彷徨胜过担当,解决自己的问题往往都难以胜任。小说里的几个人物,他们的求索、坚持和确信,也在力图恢复个体的尊严;即便是心怀天下,也是基于个体的立场。他们最终还是有所信、有所执、有所反思,我感到欣慰。因为涉及的人物身份和写作中一定程度的思辨色彩和情怀,当然也跟我个人的学院出身有关,我的写作经常被放在知识分子写作的范畴里讨论,备受鼓励的同时也倍感惶恐。知识分子写作在当下的中国文学中还很稀缺，主体的文学样态还是讲述传奇故事，这是我们悠久强大的文学传统的必然结果，社会现实的波诡云谲和复杂性也为讲故事的一脉提供了巨大的资源便利。但正因为现实的纷繁复杂，也许更需要倡导和鼓励知识分子写作，提高作家的修养，增益发现问题、研究问题、解决问题和表达问题的能力，赋予人物和故事一种必要的情怀和批判、反思的精神，始于烟火人生又不拘泥于世俗生活，让文学能够从大地上飞起来。

行 超：书写北京的城市题材作品是您创作中的另一大类。在这些小说中，您所聚焦的大多是外来打工者，他们一方面在北京生活得很艰难、很挣扎，但同时，他们也始终不想回到家乡去生活。这其实是中国当下一个很重要的社会问题：一面是在陌生城市中无根的生活，另一面是故乡再也"回不去了"。

徐则臣：城市化是条单行道，一路都在抛弃乡村。跟建立足够的身份认同和心理认同相比，现代化的进程尽管艰难曲折,依然是件容易的事。我们不能想当然地批判巨大的民工流和移民潮,谁都有权利向往美好生活。不想回故乡或者故乡再也回不去了,肯定是哪个环节出了问题。不知道这是不是一个国家和地区现代化进程的必然结果。移植易,扎根难,移民不是挖个坑把自己栽下去就没事了,后续的心理问题和精神疑难更加长久和深远。在小说中我无力解决这个问题,我只能把我意识到的、想象到的通过细节和故事呈现出来;正如鲁迅说的,揭出病痛,引起疗救的注意。当然,我涉及这个问题,也是因为这些年一直关注城市和人的关系。这个群体与城市产生的纠葛,对于探讨当下中国城市的城市性和整个中国的社会现实具有相当的标本意义。

行　赵：《青云谷童话》是您的首部儿童文学作品,虽然也延续了您一贯的对现实的思考,但是与其他作品的"厚重"相比,给孩子看的这部童话相对是"轻盈"的。您怎么看待小说写作的轻与重?

徐则臣：我对轻与重的看法来自我对文学和相关文体的理解。比如这部《青云谷童话》，我希望孩子们能看，大人也能看。我希望把现实感和问题意识一点点带入到儿童文学作品中。阅读是孩子们成长和渡入社会现实的舟楫，应该肩负某种过渡的功能。人生和社会现实的真相要通过文学作品渐次呈现在他们面前，而真相是：有阳光就会有阴影，有欢乐就会有悲伤，有增益就会有减损和伤害。真善美和爱的教育固然极为重要，但一味地为他们经营一个玻璃花房和"楚门的世界"，也未必就是好事，他们总有长大的一天，总有需要独立面对这个世界的一天，温暖的玻璃罩子不能无限地为他们扩展延伸。很多孩子在成长过程中遇到心理问题，恰恰是因为他们停留在过去单一的世界里回不过神来，无法面对玻璃花房外的阴影和挫折。此外，儿童文学一贯的小心翼翼，也许的确低估了孩子们的接受能力。也许他们需要阅读一些稍微超越他们年龄、踮起脚尖伸手够一够的作品。

文学是书写时代巨躯上的苍耳 × 鲁敏

2012年,鲁敏的长篇小说《六人晚餐》出版时,评论界对于以她为代表的"70后"写作曾有过一番讨论。许多人认为,这代作家对于个体生活、内心世界有着超乎其前辈的兴趣与描写能力,但相对而言,他们对于社会历史、时代背景等宏大话题的关注却稍显不够。我至今仍然记得,在十年前的那场作品研讨会上,"50后""60后"批评家们对于这部小说及其所代表的文学观念提出了意见,更加记得当时在一旁虚心聆听却略显局促的鲁敏。

许多年后,我问起鲁敏这本书,也想借此听听她的文学观。她说,"我觉得人就是挂在时代巨躯上的一只只苍耳,任何时代都是这样。时代行走跳跃,苍耳们也就随之摇晃、前行,也不排除在加速或转弯时,有少许被震落下来,永远停留在小道上……我所理解的文学,是以苍耳为主要聚集点,因为苍耳就是我们人类自己啊,它柔软,有刺,有汁,有疼痛与生死枯荣。"这个观点,应该可以为大多数七十年代之后出生的作家所认可。如果对比本书前几章所关注的、同样是江苏的作家周梅森,不难看出,不同年龄、不同时代背景下成长的中国作家文学观的差异,而这也透露着一代人观念与价值的悄然转变。

鲁敏的小说细腻、委婉,尤其善于书写人性与情感的幽微之处,这正是"70后"写作的重要特征。不过,从写作之初开始,鲁敏仿佛一直有着"越轨"的热情,尤其是2017年出版的短篇小说集《荷尔蒙夜谈》和长篇小说《奔月》,都体现了她不断变化的文学追求与人生境遇——如她所说,"写作是漫长的养成与奔向"。

行　超: 在作家这个身份之前,您曾经做过很多种工作,邮局职员、秘书、记者……但不管从事什么职业,您一直都没有放弃阅读,可以说是始终怀揣着文学"初心"的作家。

鲁　敏： 像所有人与他最终所选择投身的事物一样，可能不是一个很具体的契机，而是一个漫长的养成与奔向的过程，包括许多曲里拐弯的偶然因素，但懵懵间似也有某种大方向上的必然性。二十世纪八十年代的苏北农村，对读书或文化有种天然的崇拜。比如订杂志，我母亲订《雨花》，我外公订《民间文学》和《乡土》，我姑妈家订《海外文摘》和《参考消息》，我舅妈家订《外国文学》。反正走到哪里都有东西可以看，所有杂志都被我们小孩翻得脏兮兮的，但谁家里都没有真正意义上的藏书。大我两岁的表哥，被舅妈要求顺着《成语字典》一页一页地背，我则一边笑话他一边贼兮兮地找《外国文学》上的裸体雕塑看。总之，我早年的阅读实在很不怎么样。十四岁到南京读邮校，同宿舍里有个苏州女生，爱读古典外国小说，我就跟着她一起，在我们那个工科中专校的小图书馆里找外国小说看。趣味和视野很单一，我的阅读里就一直没有哲学、历史、逻辑、心理的任何构成……到后来，就会发现这限制很大。不过这些单向度的阅读，多少让我知道些好歹，尤其是发现我心怀热情的所在。这样，即使后来做着任何一个别的职业，都是有点游离与秘密的幸福感。我好像就知道，我最后会成为写作者的。

行　超： 直到现在，您仍然是阅读量很大、兴趣很广泛的作家。您更倾向于做一个写作领域的"专家"还是"全才"？

鲁　敏： 哪里算是量大，"量大"也未见得就是好，其实我大概有点可悲的强迫症。顺着前一个问题就晓得，因为从小时候到现在，我都觉得自己读得不科学、太单一，因而有一种弥补和自卑的心态，就算现在这样读，我对哲学、历史或其他非文学的人文领域，都还是路人以下的见识，哪里还"全什么才"呢。

唯一值得庆幸的是，我至今仍然能从"读小说"中获得高纯度的愉悦与同行间的心气相通。前几天跟一位老师闲聊，他有点不赞同的口气：你怎么到现在还能读得进去小说呢。我说是哎还是爱读。老师又说，你读太多了，看你的小说，都知道你读太多了。这真惊出我一身汗，倒也

不是我真的就改掉、要少读了,但确实感到一
种"心惊"。

所以我前面讲,量大不见得是好。当然这话不
容易说得清楚。阅读习惯,精读还是泛读,读
新书还是读老书,反复读还是一读就扔,读本
行当的专业书还是读远远的八竿子打不着的小
闲书,这些都难以一言以蔽之。各行其道,各
有其成。

行　超: 您的写作从"东坝"开始,《纸醉》《思无邪》《风
月剪》……那个系列的作品底色比较淳朴、唯
美,情感上趋向于一种清澈的温暖。很多作家
的写作都是从自己的儿时记忆、故乡人事开始
的。故乡是您最早的写作灵感吗?

鲁　敏: 倒不是。我 1998 年开始写作,到 2006 年左
右才写起东坝。此前属于很典型的"热情型选
手",啥也不懂,就"一路小跑"似的写、到
发,也会有各种选,还在《十月》《作家》等处
发了三部长篇。总的来说,是"乱拳"。但这都
是必要的台阶,艰难地走过这些台阶,我才多

少有了"文体感",有了自己的"写作观",而我的东坝,也就很自然地从被尘土掩埋的记忆里裸露出来,那不是简单的灵感,是对消逝中的故土的浓稠怀念,极为炽烈。那时我在南京已经二十年了,这个时间长度的发酵,可能是最合适的,最后才能达成那种——如你所说的"清澈与温暖"。

行　超: 很多作家用几十年的写作构建起一个属于自己的文学故乡,"东坝"几乎是一出手便成了。可是,这个系列又很快被放弃了,为什么?

鲁　敏: 也不是特别刻意的放弃,那四五年间,东坝确实是写得蛮多的,也得到很大的肯定。但到后期,人们的喜爱让我有点不安。记得好像在2010年左右,得鲁迅文学奖之后,要写一个类似获奖感言的东西,我就写了一直在脑子里转悠的想法。大概是说,像文学故乡、地图上的指认与命名、唯美乡土、风物人情等类似这样的,美则美矣,亦能获得读者与批评界的认同与呼应,却让我有种警惕感,担心这里有一种"因袭"式的安全审美路径,而且前辈们已经写到相当高的程度，我宁可就此跳脱，去追求新的创造，寻找惊奇与陌生之美。我在写作时也是有点逆反心理。宁可生涩，不愿老熟。还一个原因则是外部的，毕竟我都在城市生活了那么多年，对故乡的热恋之后，我确实还是对城市有更迫切的表达欲念。

行　超： 后来您的小说基本聚焦于城市，从《九种忧伤》到《荷尔蒙夜谈》，一直在关注城市人的精神状态、心理隐疾。的确，在现实的都市生活中，生存层面的问题已不是最主要的，真正的问题出在每个人的内心深处，那种深层的矛盾、挣扎、纠结，是当下都市人最根本的症结。可是，很多作家虽然生活在城市，但是却关注不到或是写不好这个层面的问题。您觉得这是为什么？

鲁　敏： 大家可能更乐于、更倾向于从社会学角度来实践和考察小说的城乡分野和文学意义，比如《子夜》就很典型，以阶层的递进与分化、身份地位与动机根源、势利意义上的成败、经济物质对人的左右等。这对后来许多作家写城市小说有很大的影响。比如大家会选择搓澡工、大老板、宅男、女博士等等这些看起来好像很典型的城市中人来作为小说人物，以他们的沉浮来作为小说脉络主线……当然，这也都是合理和有效的重要元素。但窃以为，这不是截取和塑造人物的最佳维度，或者是我不太擅长这样写。我感觉，人之为人的最具文学意味的部分，恰恰是非社会化的那部分，并且常常是非理性的、反推理的，肉眼不可辨识，甚至自我亦无法感知的部分。这些迷雾一样的东西，大多指向"自我"的精神和心理层面。

因此，包括我早期写东坝，虽然写的是乡村，但我不大写贫穷、愚昧，我写的是他们对生死、病患、残缺、四季、食物、男女的感受。这都是属于"人"的，只是他们生活在乡村。写城市也一样，我还是会写残缺、隐疾、荷尔蒙、男女、生死、自由与自我。你可以说这是城市的，但我更认为是"人"的。而且写这些东西，我不做价值或道德判断——我做不了，也认为不必做、不能做。我就是探索、撕裂和呈现那些幽暗的毛茸茸的精神和心理空间。这是我最有兴趣也感到大有可为的地方。

行　超： 我记得《六人晚餐》刚出版的时候，评论界有人认为，这部作品在个人命运、内心起伏以及人与人的关系等方面刻画得很出色，但是没能充分写好转型时代这样的历史大背景。"如何处理个人与时代的关系"这个问题多年来似乎一直困扰着"70后""80后"作家们，时隔多年，您怎么看待自己的这部旧作？对于这个问题有什么新的认识？

鲁　敏： 我记得有次郜元宝教授在评论《六人晚餐》时写过，这部小说涉及了产业重组、国企改革、关停并转、下岗分流等二十世纪九十年代最为重要的一些时代背景，他认为这部分很有价值，我们这一代里也少有人写，但同时也感到我很"浪费"，没有把这一重要时代背景再多深入和扩张一些，好像很无所谓地在行文里点了几下就浪掷了，然后自顾自用很大的笔墨在人物自身的命运上（大意如此）。可能这个评价是蛮有代表性的。

我是怎么看呢，当然是很个人化的一种理解。

个人与时代的关系，打个比较老土的比方，我觉得人就是挂在时代巨躯上的一只苍耳，任何时代都是这样。时代行走跳跃，苍耳们也就随之摇晃、前行，也不排除在加速或转弯时，有少许被震落下来，永远停留在小道上……我所理解的文学，是以苍耳为主要聚集点，因为苍耳就是我们人类自己啊，它柔软，有刺，有汁，有疼痛与生死枯荣。最为理想的作品，是从这些小小苍耳的身上，读者，尤其是若干年后或者陌生国度的读者，会感到那特定空间里，大时代或小时代的流变，流变中的冷酷与滚烫、对个体的推送、佑怜或伤害，感知到那既属于某个时代、又属于所有人的爱与哀。大部分经典作品都是这样的。

但对经典的那些特别好的阅读感受，可能也给人以一种目的化的理念，认为时代巨躯的起伏轮廓、激荡风云是文学的大抱负所在，区区苍耳不过是切入点与承载物，它们的悲欢离合五颜六色，再精彩总归也是小了的、失之精微毫末，恰盘中青翠尔，对张爱玲、汪曾祺就常见这方面的婉转批评。我是不大敢同意。我觉得，苍耳本身才是文学最为之魂牵魄动的部分，况且苍耳从来都不是挂在虚空中或无缘无故、孤零零的一枚，哪怕就是它从巨躯身上掉落下来了，依然有它掉落的姿势与原因。所以问题的根本可能还是，我们能把苍耳写到什么程度。倘使这个苍耳本身没有选好、没有写好，那更遑论透视时代了。

因此就像大家常常会说到，"70后"这一代的写作，总写小人物，太过生活流、琐碎化，缺乏大格局，缺乏历史意识与厚重的精神维度，这确实需要进行讨论和反思，比如，有时是苍耳本身的典型性与提炼度不够，呈现为过分随意的个性化写作。但如果换一个角度考察，这一代的文本气质与他们所书写的苍耳们，那些琐碎、微妙、精致，与宏大理想主义、英雄主义的决裂，所折射出的不正是外部社会与时代的某些特征吗？所谓时代长河的基本面貌，最终正是由"这一个"和"那一个"的文学苍耳形象所勾画叠加而成的。

从这一角度来看，《六人晚餐》多少是贡献了几只苍耳的,他们正代表了那一阶段我对个人与时代关系的一种理解。这六个人的相互关系、伦理取舍、起伏路线,是受制于时代风潮与滚滚车轮的,但我并不会去特别地强调这种明摆着的因果关系。做资料准备时,我搜集了《六人晚餐》所涉年份每一年的大事记,各个维度的都有(在写《此情无法投递》时也干过这同样的活儿,确实很有用),但我不会像打呼哨一样在文本里让它们有意出大声,最多会暗中撒一两把小豆子。我更想竭尽全力去做的,是创造出"晚餐"桌上那六只苍耳在其时其境的、来自末梢的颤动。

再多讲一句,在我现今看来,个人与时代的关系,真的有主次、有依附、有倾向吗——是以典型人物去折射特定时代风貌;还是关切某一情境(时代)中的人与人性——实际上,我觉得并没有这么泾渭分明的孰轻孰重。天、地、人,在文学里也当是合一的。并不需要把时代与人提溜出来分别拷问,计算比例与权重。

比如《鼠疫》,就算加缪特意虚构了一个黑色时疫的社会背景，但其真正的着力点，还是绝境下一个个的人与他们的人性之光（暗淡的或明亮的）。再比如《苔丝》《白鲸》《老人与海》《安娜·卡列尼娜》等，太多的例子了，都是把人置于某种困境当中，最终来写人性的软弱或力量。但与此同时，你在所有这些人物身上，又能看出性别、阶层、伦理、宗教等外部因素在人类文明洗礼下的不同进程。苔丝、老人、亚哈船长，如到了另一时代或国度，就会是另外一个故事。

厚颜说句有点托大的话，我写《奔月》，也是在这个方向上做出的一次小小的实践，让小六去置于特定情境（自我出奔），从中呈现人性中委泥与飘逸的永恒矛盾，但这必定是属于当代中国都市女性的"这一个"，小六的行动与逻辑不会是嫦娥、娜拉、爱玛……从《六人晚餐》到《奔月》，也差不多算是不同阶段我对这个问题的理解。

行 超：小说集《荷尔蒙夜谈》是您写作生涯中的一次"出格"，描写欲望、身体、性与你此前温暾、端庄的写作有很大反差。女作家写荷尔蒙，不免让人联想起身体解放、女性主义。但是，读过整个小说集之后我发现，其中的作品非但不是以身体和性为旗帜，而且目的往往不仅是写荷尔蒙，更是写俗世中生活的热情和生命本身的能量。

鲁　敏：这也是书名害义，我也是将错就错，其实你方才的概括更为准确。也许人们对"荷尔蒙"的理解可能有点狭隘吧，或者正是早先女作家们的身体写作助长和误导了这种理解。这也是我将错就错取这个有点"冒天下韪"书名的原因——我想为之正名。所以我还特地写了一篇小文就叫做《为荷尔蒙背书》。我是想扩张或恢复"荷尔蒙"的定义与外延，其对世俗的干预力本来就是多面的，绝不仅是男女情欲，可能还辐射到性别权利，呈现为心理与生理的疾患状态，呈现为惨淡中年的自我挽救，成为对自由通道的一种秘密开发，等等。这是我所理解的多歧义多面相的荷尔蒙。

我对身体真的尊重到敬畏，我很想对那种一本正经的、唯正确主义的思维模式发一声喊，要以同等的热心肠来对待身体，不要总觉得只有智慧、才华、理性、理想等才是值得尊重和听命的。

行 超： 从《荷尔蒙夜谈》到《奔月》，您的写作风格与之前相比有了一个明显的转折，似乎更"大胆"、更"果敢"，一种天性中向往的生命自由、生活自由与写作自由被释放了出来。为什么会有这种转变？

鲁 敏： 我自己也说不好，我不好意思大剌剌地宣称这就是水流云起、行止有时。也有同行跟我开玩笑说这我是中年变法，就更谈不上了。我对写作既有职业化的持久战心态，也有理想主义的搏击与倚重，重到此命所系的地步，这心态并不很好，但也可能正因为是这样的贴身与投入心态，写作会相当直接地反射出我在每个阶段的感受。

可能对陌生读者来说，小说就是一本读物，对批评家来说，小说见文学观。对我来说，其实还有对生活、生命和我之为我的胡思乱想。比如这阶段,好像对生活本身有种崇拜与热爱,因为热爱而愈加不可忍受它的平庸、麻木与一应之定规。因此,我会有意注目,以欣赏、挖掘和怂恿的眼光去注目"越轨者",我希望通过他们来表达和丰富我对生活的热爱,表达这激越而伤感的中年之爱。从写作层面上看,这也会使我选择放弃平缓、老熟、节制、雅正等审美方向的权重——当然,这会儿我虽算是认真分析、可同时也是一种胡乱分析。我写作其实很少谋划,也是谋划不了的,只是在回看时,才会发现一些煞有其事的似乎清晰的轨迹。

行 超: 在小说《奔月》中,小六以身试法地证明了在现代社会中,个体的人是"无处可逃"的。很多年前您曾经写过一个中篇《细细红线》,与《奔月》处理的是类似的问题,某种程度上都是对"在别处"生活的幻想与向往。写作对您来说是一种对现实的逃逸吗?

鲁 敏: 写作有平衡和对冲世俗的功用,所以常有人用它来做钟形罩与隔离区。对我来说,倒不是这样，这是我的职业与志向所在，假如真有逃逸之心，反而会远远地离开写作吧。因此，写作不能讲是我对现实的逃逸。

那我为什么又会开足马力地写类似那样的逃逸者、越轨者呢，其实前面也提到的，是我想选择通过他们来表达我对生活和世界的感受，这个感受，有些是发自我内心，但更多会考察他人与外部世界，在内部与外部之间，寻找共通性。我们一开始就讨论过，我对毛茸茸的幽微带有兴趣，这些越轨者，就特别富有重叠、交叉、易变的心理区域，他们是大时代下有自选动作的小苍耳，集中笔力于他们，有可能会以特别的方式获得与巨躯的共振——这种"在别处"的心态，我认为就是人与时代的"共振"之一种。

行 超：现实生活中，一个人的身份、职业、社会地位、人际关系等往往会遮蔽这个人的本性。《奔月》中小六的失踪反而给了身边的人一个重新认识她的机会，人们在寻找的过程中完成了对这个"熟悉的陌生人"的重新认识。这样说来，小六的"失踪"，或者说"出逃"，好像更是一种对现实的消极抵抗?

鲁　敏: 人们对于词语或行为的看法,有时也有固定模式。就像我经常讲"虚妄",我就完全不认为它是个消极的词,它接近于某种本质,有这个本质作为前提,万事万物反而都是可喜和动人的了。包括"出逃""失踪",是消极抵抗吗?我恰恰认为小六是到目前为止,我笔下最为勇敢、最具自我意识和行动力的一个女性形象,她敢于打破哪怕并非一无所错的现状,去实践那个曾经涌上所有人心头的大胆妄想,她冲破了责任、亲情、血缘、伦理、道义等几乎所有的定规与约束,奔往那无可参照、万劫不复的地带。

所以为什么叫《奔月》,我并不担心人们第一个会联想到嫦娥,因为小六完全是现代和当下的异质的嫦娥,她同样想摆脱世俗与人性的重力,追求本我的发现与飞升。这是积极的,或许也是社会发展到现代文明阶段的一个特征,是人类在走过了生理、安全、社交、情感等需求之后的更高需求:对自我的确认与探索——

结局她是回来了，回无可回，但就像你所说的：这不如说是一次重生。走过了1、2、3与3、2、1，她脚下的那个零已不是最初的零了。

行　超： 的确，费尽心思策划了一场"失踪"的小六最终还是选择回到自己原来的生活，但是这时的现实已经完全改变了，她的丈夫、情人、母亲以及周遭原本熟悉的一切，仿佛都换了个样子。这场"失踪"的真正意义何在？

鲁　敏：《奔月》出来后，关于小六"出逃"的意义所在，是被探讨、也是被追问得最多的问题。从这些问题其实也能看出我们对长篇文体的考察与度量标准。比如说：对"中心思想"的期待。大家一起跟着主人公小六辛辛苦苦地出走、折腾了一大通，然后又回去，又没回得去……请问你到底是想讲什么？要证明什么或得出什么结论吗？如果我说，没有啊，我并没有确定和高明的结论。啥？没有？这好像显得很不合理。

好吧，于是我接着说，我想表达的就是这种不可概括和终结的人生迷境，因为人生不是数学题,所以并没有最终答案——就算有,也是读者自我达成的,是我提供的这部分,与你的个体经验,碰撞后的结果。这会让一部分人觉得明白了。但还有一部分,会显出更加迷惑的目光。于是我会进一步阐释一下(我很不喜欢这样说得太多),我说:我写的是人们终身的角色困境;写的是生命与生命相遇的虚无与偶然;写的是作为人,即使在异度时空之下也永远无法挣脱的本来面目;写的是我们这短促一生里,对另一条"林中小径"的不可确证与不可触碰……

人们对这样的回答满意吗?似乎也不能讲太满意。所以你看,这里还包含着另一个阅读上的偏见与傲慢:结局期待、并且是偏暖调性的期待。他们总是希望看到人物的攀升(而不能忍受对原点的回归),感悟与收获(而非无悟之感、不获之获),希望看到从无到有(而不能接受从有到无)。

所以,与其说追问《奔月》里小六出奔的意义,不如先追问一下我们对长篇的审美维度,我们对终极意义的痴心妄想，我们对存在与虚无的定规之见——譬如，我恰恰就是以虚无的终场，来表达疼痛存在的自我。

行　超：您曾在多个场合提到自己对于虚妄、荒谬等不可言明的偏爱，比如"我偏爱不存在的荒谬胜过存在的荒谬"；"以小说之虚妄来抵抗生活之虚妄"……可是从小说写作手法上看，您应又是个不折不扣的现实主义作家。您怎么看待这"虚"与"实"之间的矛盾和关联？

鲁　敏：粗暴地概括下，这虚与实，可以说是灵与肉的关系。小说内部的灵的部分，我常常有点形而上、偏抽象、带点探索性，因此有虚无的灰调感。但肉，即及物的写作内容与技术手法上，我没有那样，并且如你所说，是不折不扣的现实主义写作。

春节假期里，我在一个 App 里重听了一遍萨特的《恶心》和陀思妥耶夫斯基的《地下室笔记》，你看这两部作品都是蛮典型的，灵是形而上的，肉（即文本主体）是相当枯简、寓指化的。这样的写作，对作家和读者都有着太高太高的要求，我还做不到。当然，我们也会看到，像萨拉马戈的《失明症漫记》、卡尔维诺的《我们的祖先》三部曲，则是用传统叙事手法来写现代性内核的。他们教会我很多东西。最主要是，现实主义手法对现阶段的我来说，的确更得心应手，这也是从"我能"的角度来考虑的。

那么矛盾有没有呢？有。比如有一些读者，有时会对这两个看起来像是两个风格的灵和肉感到迷惑。以《奔月》为例，有读者就会用现实逻辑来与我探讨，比如说：怎么可能呢？一个人用别人的身份证，能在外头蒙混两年？或者说，那个警察太不负责了，怎么能劝她不要回去呢……情节的隐喻或人物走向的设计，既会考验到写作者，也会考验到读者，这是阅读契约中最为微妙的部分。

因此，为了中和这两个方向，也为了不断地提醒读者：我写的不是"现实生活"，我在《奔月》里特意置放了许多极为戏谑与荒诞的细节。比如"给亡灵烧纸钱，纸钱变白还是变黑""家族遗传症""失踪者家属联盟"等。以此来间离和柔化虚实之间的冲突。

行 超：我看到有批评家指出，这些年您的写作越来越熟练，越来越圆融，应该是一个作家走向成熟的标志。但是这也导致从《荷尔蒙夜谈》开始，您的一些作品在叙事上似乎有些滑向"技巧性"，以及对某种"猎奇"心理的呈现。

鲁 敏：你讲的这个问题可能在《荷尔蒙夜谈》里有一些呈现，这个集子是在多年作品中进行挑选的，有出版上的考量。同时，也便于集中呈现我对"越轨""身体""暗疾"这些元素的穷追不舍，同时，也想在大多数"伟光正"的书写里，表达文学对"不一样"的最大程度的包容与关切。

就我本人的审美理想而言，钝角、缓慢、带有衰老感的写作，是美的最高级，也比较难。比如我们会看到那些刻意反情节、去剧情的艺术电影，其中真正的成功之作，并不多。我也写过不少这样的中短篇，在《荷尔蒙夜谈》里，就有像《幼齿摇落》《西天寺》这样的篇目，包括去年刚写的《火烧云》。总的来说，猎奇不是我的特点和追求，如果认真贴近这些人物，就会发现：即使最后做出再出格的事，但于他们，都是一步步不得已而为之。他们实在都是些平常人物。

技巧性这个，确实要探讨。最记得毕加索在晚年说过一句话，我最大的努力，就是能像一个什么也不懂的小孩子那样画画。所以技巧的最高境界，是人家看不出来你用了技巧，还以为你在说家常话，还以为你是本身出演，是意到笔到，是纯无心机。其实哪有那样的好事，"看不出来的"乃是最高的技巧。我大概还处在技巧外露的阶段，我想时间和年龄会在这方面对我的改善有所帮助。

我喜欢历史中的意外 × 葛亮

葛亮的身上有不少特殊的标签：祖父葛康俞、太舅公陈独秀、叔父邓稼先，出生成长在南京、成名在台湾、现居香港……这一切，让人对这位写作者产生了期待和好奇。然而，真正翻开葛亮的小说，却完全是另外一种气息。他作品中的从容、淡定，他对文字的考究、对人性幽微的洞察、他面对历史叙事时的勇气和野心，无不令人触动。

这是一篇 2013 年的采访，当时我与身在香港的葛亮通过数次邮件沟通完成此稿。可以感受到，面对笔下的文字，或者面对文学本身，葛亮充满了热忱与敬畏。而在交往的过程中，葛亮极好的个人修养，他的谦和、低调、彬彬有礼，都给我留下了非常深刻的印象。此后,葛亮不疾不徐地推出了多部作品,尤其是2016年出版的长篇小说《北鸢》——这便是本文末尾所提到的、书写六年之久的作品。《北鸢》极为耐心地描摹了乱世之下如何艰难地传承旧时代风骨、大家族礼仪。这部作品不仅延续了葛亮此前的细腻唯美,更进一步深化了《朱雀》《七声》等作品中对于历史和特定区域文化的兴趣——如同他在这篇访谈中所说,"个人与历史,其实是一个层面上的不同面向。全集与子集的关系。其实我更喜欢历史中的某些意外,旁逸斜出,这恰恰又是依赖于若干个人而实现的。"从《朱雀》到《北鸢》,再到2022年最新出版的《燕食记》,葛亮小说中的人物无不坚守着古典而清正的道德观,他们的温和、敦厚、谦逊有礼、翩翩风度,都承载并传递着作者的审美偏好与追求,并且最终标识了葛亮独特的美学风格。

行　超: 您的小说有一个明显特点,就是对地域有着特别的关注。比如,《朱雀》叙述的是南京城及生活在这里的几代人的沧海桑田、风云变迁,《七声》包括南京和香港两地的人物故事,《浣熊》写的则是你现在生活的香港。为什么一直专注

于描写与地域有关的故事?

葛　亮: 一方水土养一方人,在我看来,空间是表述时间的容器。考察空间,对我而言,是获得历史体认感的捷径。加西亚·坎克里尼在《混合文化》中说过一句话,我很喜欢:"一个富有历史内涵的城市,其街区的建筑物是源于不同历史阶段的空间交叉连接,它们是作为意义族群在默默地相互对话"。这说的是建筑,而构成城市的物理兼具人文意义的基石显然不止于此。所以,我在对城市进行描述的时候,很喜欢做一些"格物"的工作。

去年完成《浣熊》。较之前作,更为关注香港本土民间社会的现实,特别是一些即将凋零的部分,比如传统的节庆与风物。为此在撰写过程中,做了很多的资料收集和访谈,应该说是一本"落在实处"的小说。

行　超: 在全球化的今天,所有的城市逐渐变得越来越相似,一个地方独有的地域特色越来越不明显,在文学中,对这种地域特点的表达更是微妙、暧昧、难以把握的。您是如何寻找、发现并且用文学的方式呈现各个地方的地域特点的？

葛　亮： 我在《浣熊》书前写了一段话："这城市的繁华，转过身去，仍然有许多的故事，是在华服包裹之下的一些曲折和黯淡。当然也有许多的和暖，隐约其间，等待你去触摸。任凭中环、尖沙咀如何'忽然'，这里还是渐行渐远的悠长天光。山下德辅道上电车盘桓，仍然也听得见一些市声。"我所关注的地域空间，实际是有关的对于某种成见的颠覆。大概算是这本书的着眼所在。

柴静的《看见》里面有一句话令我印象深刻，她说："在世界上没有一劳永逸的答案，也没有一个完美的世界图式，一次诉讼就可以彻底解决的问题，不是无知，就是因为智力上的懒惰。"可能大部分的人，初来这座城市会有某一种"明信片"式的成见。面对维港海景，天际线之下，清晰可见 IFC 与中银大厦的轮廓，这是被具象化的"中环价值"。但其实在这样繁盛的图景背后，还有许多来自民间的、十分砥实的东西。我想我对一座城市的认识，特别是对空间的呈现，就是在克服这种懒惰所带来的惯常感。南京也是一样，我在《朱雀》中设置了许廷迈这个外来者的角色，就是希望这座六朝古都在陌生化的审视下，焕发出一种新鲜的、引而不发的锋芒。

行　超： 在以"小说香港"为题旨的小说集《浣熊》中，我注意到，您在叙述中加入了一些香港的地名和台风等具有地方特点的元素。另外，在人物语言上，也加入了香港人日常使用的粤语。拨开这些繁复的地域符号，这座城市的灵魂究竟是什么？或者更具体地说，它与您曾经熟悉的南京之间，本质的区别在哪里？

葛　亮： 这其实是一个挺不容易回答的问题，很难一言以蔽之，用最简洁的词汇去概括它。我还记得西西老师的那本小说——《我城》，从某种意义上来说，如果你深入到这个城市的内里中去，在你写它的过程中，必须要有一个界定就是这座城市已经成为一座"我城"。

如果一定要去定义它的灵魂,我想这座城市有一个关键词是"相遇",也是这本小说的关键词。大家可以看到,这本小说主要的篇目都是围绕"相遇"的主题,包括《浣熊》,包括后面的《猴子》《龙舟》《街童》。《猴子》是写一个从动植物园里逃出来的红颊黑猿,它进入到不同人群的生活中间去,它和这些人的不期而遇,这些遭遇可以是某种侵入,但同时恰恰因为它的存在、它突然的侵入,一些人生命中麻木的状态被打破,本相哗然而出。这个过程是苦痛的。比方说《龙舟》,是写一个随家族移民的年轻男子和香港离岛之间的相遇。我们知道岛是很孤独的意象。移民的意义本身也带着一种孤寂感,可以讲是某种气性的重叠,这两者之间的相遇同样也是有意义的。

香港是充满相遇的城市,套用《一代宗师》中的一句台词,或许每一次相遇都是久别重逢,这个可以讲是一种宿命。香港在二十世纪三十年代扮演的就是东方的卡萨布兰卡的角色。很多人到了香港,是把它作为人生过往的驿站,很快就离开了。但是这个过程也造成了不同人群的汇集。所以你如果界定香港的文化身份，实际上是挺困难的一件事情，因为长处变动不居的状态。我们知道，二十世纪四十年代也就是抗战期间，有很多曾在中国现代文学史上赫赫有名的作家，比方说茅盾、戴望舒，又比如说萧红，他们曾经都和这座城市相遇，当然相遇次数最多的或许是张爱玲，她跟香港相遇了三次，与这城市的渊源深刻而特别。

这次当我集中在一本书里写香港，写相遇。我想在某种意义上来说，我自己是希望站在一个抛却先验的立场来写，来表达这座城市，而不是带着文化的俯视，或者带着既有的观照感的角度去表达它、书写它。

行　超： 如您所说，在中国文学的发展脉络中，张爱玲笔下的城市、世俗、城中人几乎是一个不可逾越的标杆，之后许多描写城市的当代作家都或多或少地受到过张爱玲的影响。在个人经历上，您与张爱玲一样，都是从都市文学传统深厚的中国南方迁移到更开放、更多元化的香港，您是从南京到香港，张爱玲是从上海到香港。您认为，张爱玲笔下的香港与您笔下的香港有什么异同？在写作中，是否受到过类似的影响？

葛　亮：很有意思，张爱玲有一本写香港的小说叫做《传奇》。她在这本书里这样界定，我写《传奇》，这是一本"给上海人写的香港的故事"。实际上投射出她作为一个过客的心态。而这种心态，实际上也隐隐然表明她自己文化身份的某种优越感。张爱玲曾经无数次将香港和上海比较，在比较中间往往暗含了她自己某一种关于文化认同感的砥砺。她写了很多香港的故事，但是她说香港始终没有上海"有涵养"。

我写香港是比较谨慎的，我不太喜欢某种成见式的东西。所以，我会让这座城市自己去发言，换言之，就是我表达的香港，是一个复合体。它的各种可能性，是多元的，传统与现代的交接和碰撞，各种元素相遇的过程，我将它们写出来。这里面并不包括我的判断，也不存在以南京的眼光去代入。写城市，很难规避张爱玲的影响，但她有比较狭隘的地方。在写作的心态上，我更接受沈从文。不是说他对城市的态度，而是对于人性的立场和行文的方式。

行　超： 我常常能在您笔下的人物身上读出一种漂泊感，一种永远在寻找的焦虑、一种生活在别处的无奈，最典型的例证便是《朱雀》的主人公，来自苏格兰的华裔年轻人许廷迈。这种"漂泊感"是否与你的个人经历有关？您怎么看待全球化时代的身份认同问题？

葛　亮： 其实在我个人看来，这并非一定是某种漂泊感。我更倾向定义为某种可能性。我喜欢一种既安静又变动不居的感觉。这或许需要依赖空间的转换来实现。其实我的经历也并不复杂，我是个比较随遇而安的人，在不同的空间中生活都不太会有挣扎的感觉。空间的转换对我的写作有意义。最重要的就是它提供的距离感。如果不是在香港，我可能不会去写南京。因为太近，太享受身在其中的感觉。也就是我之前所说的惯常感，这是不利于去表达这座城市的。在香港远了，反而有了某种躬身返照的机会。

关于身份认同感，我也觉得并非是一定要有一个确凿的答案才能够清晰地自处。麦克卢汉一早就向我们建构了"地球村"的模型，从某种意义上来说，强烈的身份认同必须是某种心理不安全感的表现。比如香港人在 1997 年前后突然有了这种必要，更多的是来自前途未明的焦虑感。我觉得当代人，特别是年轻人，焦虑的重心已经不在于这方面了。

行　超： 从《谜鸦》开始，您的小说就呈现出一种宿命论的味道。宿命、轮回，是传统中国文化的思维和逻辑，这恰好暗合了您对中国古典文化的钟爱。不过，这种思维方式会带来一个问题，它可能导致对影响人物命运的社会、历史原因的搁置。

葛　亮： 佛教里讲究"四谛八苦"，其中之一是"求不得苦"。这是我所强调的命运感。这是一种逻辑，任何人都无法摆脱这种逻辑。这种逻辑如果简化为因果报应，就相对狭隘了。但"求不得"本身，却可能在时代的迭转中嵌合为对个人命运的强化。我喜欢这种个人被历史裹挟的感觉，我认为所谓"时势造英雄"，不过是某种个人命运的诉求恰恰迎合了时代的需要。"大风起于青萍之末"，是许多个人命运最后的合力。从这种意义而言，个人与历史，其实是一个层面上的不同面向。全集与子集的关系。其实我更喜欢历史中的某些意外，旁逸斜出，这恰恰又是依赖于若干个人而实现的。

行　超： 除了写大家族，您的小说还有一部分关注的是生活在都市的边缘人，比如《德律风》《阿霞》《于叔叔传》等，我们暂且把它们称为底层叙事。近年来，底层叙事的作品层出不穷，但其实写好并不容易，一不小心就会变成充满怨气的社会问题报告。你认为，在面对坚硬甚至有些残酷的现实时，作家该如何真实又文学地表达？

葛　亮： 我不太喜好做评判，宁愿自己作为作者是隐身的，还是让事实去说话吧。在我看来，小说的呈现意义是其最有价值的地方。我关注的是一些人群身上的可能性，他们被置于某种位置，继而被激发出人生的可能性。我做的，就是将这种可能性描述出来。叙述不见得是具有戏剧性的。但是发生的过程,却有一种循序渐进的、潜移默化的动人处。这种动人,是单纯依赖对主题的强调无法实现的。在笔触方面,我倾向于节制,并不仅指在情感的取向上,而是需要保持叙事的平稳。以结构方式将文字造就为某种日常性元素的集合。一个前辈对我说,最动人心魄的,始终是人之常情。这句话对我影响很深。

行　超: 您有着完整的教育背景和知识谱系,毕业后也一直在大学任教,属于典型的"学院派"。您的小说中对文字本身的打磨、考究也颇有学院派的风格,但在小说内容上,您却十分关注民间。这一点很有意思。通常做研究久了,就面临着"掉书袋"的危险,而您却始终对"毛茸茸"的现实更有热情?

葛　亮: 是,我和苏童老师也谈过这个话题。我欣赏南方文化里的"经世致用"。家国北望太沉重了,皇天后土,太容易构成一种文化的压迫感。相对而言,我还是比较喜欢南方的东西,带有一点世俗的审美，轻盈的，同时也务实的作风。

就像文字，我喜欢沈复和李渔，就是因为他们把生活当作生活，而不至于升华到生命。他们的学问，也是情趣与情绪，是带有温度的。所以，我很钟爱笔记小说，里面那种掌故感，十分的民间与细腻。这可能和我在南京长大有关。李商隐说"三百年间同晓梦，钟山何处有龙蟠"，这个城市出了很多皇帝、王朝，几乎个个都是小朝廷。不成气候，但是还是更迭绵延下去。不宏大，但是带有一种非常可触摸的悲剧性。让人十分亲近，这可能就是你的说"毛茸茸"吧。这也是我喜欢的历史的演绎方式，不规矩，时常断裂。每道裂痕，都是一个故事。

行 超：我看到，几年前您曾与张悦然做过一个关于"叙述的立场"的对话，其中一个明显的信息是，您对故事很感兴趣，因此在写作中，您始终在寻找一种适合自己的讲故事的方式；而张悦然却对故事有一种敬畏，或者说是不信任，她更注重叙述方法和叙述过程本身。这两种观点其实代表的正是目前小说写作中两种主要的倾向。能否展开谈谈您的看法?

葛　亮: 中国的小说的源头是俗文学,讲故事是其中涵盖的功能之一。近年的西方文学对于"讲故事"的意义强调自有阐释。柯雷顿(Jay Clayton)认为,它是"文化记忆及文化存活的策略"。而我的选择,原因十分简单。我是对逻辑感比较迷恋的人,把故事讲好能够满足我这种对逻辑系统组织的喜好。并且,讲故事也是释放细节的过程,特别是掌故类的文字,必须依赖故事才能有所依归。这个其实都是我个人的叙述的需要。事实上,张悦然近期的小说,故事讲得相当不错。随着彼此写作阅历的积累,我们在小说观念上殊途同归。

行　超: 在您近期的作品中,我也感受到了这种"殊途同归"。您的早期作品比较注重"戏剧性"和"实验性的写作手法",从《七声》开始,似乎更追求一种"真实可触的、朴素的表达",为什么会发生这样的转变?

葛　亮: 是我在审美上的改变吧。开阖幅度太大的东西,让我觉得缺乏某种我所希望的庄严感与平静感。小说毕竟不是戏剧,它在细节的处理上需要的逻辑链条更为细腻。这都是与日常相关的。更年轻的时候,喜欢比较锋利的东西。不是不好,而是现在觉得沉淀后的、平稳的东西更符合现在的表达需要。

行 超:青年作家的"现实观"和"历史观",以及他们在写作中所暴露的相关问题,其实一直是文学界关注的话题。小说《朱雀》横跨三个世代,近百年时间。作为历史后来者,您是如何接近并建构那段历史的?您认为,经历相对简单的年轻一代作家,应该如何建构自己的历史观?

葛 亮:就历史观念而言,上一辈作家有一种与时代休戚相关的热情。这是与生俱来的写作优势。身为一些重大事件的在场者,体验是切肤的,冷暖自知。"历史"对我们这一代人,是个具有考验意味的词汇。具体到中国的现代史区间,你必须依赖于间接经验去建构。而这些建构还需要获得历史见证者的检验与认可。我曾经与一位前辈作家谈及这个话题,达成一个共识,历史对于他们,是"重现"(representation),而对我们这代,更近似"想象"(imagination)。与他们相比,我们似乎面临的是一个"小时代"。即便如此,我仍然认为"历史"这个话题,不应该逃避。

我们这代人,在经验和视野上,都需要一些时间,而同时我们也有时代的赋予,在当下拥有了更广阔的写作空间。比如《朱雀》这部小说,我试图通过南京,通过这座气质鲜明的城市的变迁,去建构一种古典与现代的联络。其中有传承,有碰撞和异变,也有宿命。我的历史观念中,有宿命的成分。而家族感似乎与之相关。这种认知的确有个人化的一面。

我觉得,对于历史的个性化的认知与态度,是一个使作家内心强大的途径。当然,即使是年轻的一代,对历史的书写也并非无本之木。我对历史资料的关注,更多并非是出于重建历史确凿性的考量,这只是其中的一个方面。更重要的是,我需要运用这些史料引领我进入我需要的历史情境。这个情境应该是丰满且细节化的。

行　超： 批评界有一种观点，"50后""60后"的小说构建的是一个"历史共同体"；"80后"则以反叛的姿态摆脱历史的束缚，转而营造一个"情感共同体"。在这中间的"70后"显得有些尴尬，模糊的历史记忆使他们难以形成"历史共同体"，同时他们又不像"80后"那样没有历史负担。作为一位"70后"作家，你认为应该如何找到自己的写作方向？

葛　亮： 其实对于以十年为代际界限进行作家的群体划分，我个人是有保留的。这并不是很科学，有一些僵硬。作家的派别与分类，以风格，以共同的写作诉求，以文化结构与背景划分都相对容易理解。比如"文学研究会""创造社""新感觉派""布鲁斯伯里集团"皆是如此。

如果一定要按代际划分，我觉得"独一代"这个说法，我个人比较容易接受。独生子女的生活境遇被国家政策所规约，的确对一代人构成了难以磨灭的影响，这是有据可循的。"70后""80后"的划分则机械了。以我本人而言，就有不同的批评者以各自的论述需要将我划分入不同的代际阵营。当然，这对我个人的写作影响不大，只是一个标签。我的写作意义在于我的写作行为本身，而不在于我需要为哪个代际去写作。困境也并不存在。将因果关系调整一下，如果出生在二十世纪七十年代的作家各自都出色，百川归海，这个代际的脱颖而出也不成问题。

行 超：《朱雀》显示了您结构一个时空跨度巨大的长篇小说的能力和勇气，之后一直没有再见到您的长篇小说，可以透露一下你的下一步写作计划吗？

葛 亮： 事实上我一直在写一个新的长篇，今年是第六年。预计明年可完稿。我的长篇写作周期都比较长，其间有不少案头工作需要做。《朱雀》前后也写了五年多。新长篇仍然以民国为背景。但时代场景会更为广阔一些，涉及不同的人物群落。如军阀、知识阶层、商界、梨园，等等。这部小说有相当的空间与时间跨度，对我而言是一种挑战，需要投入更多的心力，写起来也很尽兴。

写作需要彻底的寂寞 × 张悦然

1998年,上海《萌芽》杂志社联合多所高校举办首届"新概念作文大赛",经由这一比赛,一批年龄相仿、文风各异的年轻人以群体的姿态走进了大众视野。一时间,"80后"成为当时备受瞩目的文学群体,甚至引发不少社会话题。如今,时间过去了二十余年。在这二十多年中,中国的社会经济、文化思潮、价值取向等都在发生着巨大转变,而"80后"一代也从当时的少男少女,逐渐成长为家庭支柱和整个社会的中坚力量。

如今回想起来,"80后"作家的初登文坛,与其说代表了一种新的文学审美或文学思潮,不如说,他们之所以能够制造"轰动"效益,是因为他们的出现反抗并试图打破既有的文学表达方式、教育制度和青年人的价值观。他们叛逆的精神、无畏的青春姿态,让他们的作品成为备受瞩目的一种文化现象,撼动了当时文学的生产模式和评价体系。然而,青春期转瞬即逝,真正牢固而长久的,是现实生活的坚不可摧。经过了二十余年时间的洗礼,世纪之交所造就的一代"80后"作家,大多数早已在文坛销声匿迹;而为数不多的持续写作者,他们的作品,也随着各自的生命进程而发生着变化。

作为"80后"作家的代表,张悦然的出场方式,以及她的写作内容、美学特点及其潜在的问题,都体现了这代人独有的文学面貌。2016年,张悦然的长篇小说《茧》出版,被认为是"80后"写作转向历史与公共领域的重要标志之一。在这部作品中,张悦然将目光从此前的个体内心与精神世界中抽离出来,转而看向他人,看向自己的祖辈、家族,以及绝大多数"80后"并无太大兴趣也并不擅长面对的"大历史"。同为"80后"一代,我更关心的是这种写作转型背后的个体感受,以及引发这种转变的多重原因。2016年夏天,在北京佑胜寺,张悦然与我聊了她的小说、她的写作经历与文学观,也聊起我们这代人"漫长的青春期"。

行　超： 我必须说，我是看着你的小说长大的。其实我们的年龄没有差多少，主要是你出道真的很早，大概差不多 20 年前了吧？"新概念"的那批作者基本上都是十几岁就出道了，很多人现在基本上都不再写作了，是什么原因让你一直坚持？

张悦然： 当时参加新概念作文比赛获奖的这些年轻人，大家认为从那个时候开始就走上了文学生涯，我觉得这可能不太准确。那时候的写作其实是一个最初的、本能的表达，那样的表达有一种姿态性，有一种对抗性的东西，是很自我的，但这种表达能不能支持这个人一直在文学上走下去，我觉得未必。

我们可以看到，这些人具有综合素养，他们后来走向不同的领域。从那个时间点开始，后来每个人又有一个再出发的过程，有的人可能是在文学领域，有的人可能是在其他领域，对我来说因为从小就非常喜欢文学这件事情，也不太会做其他的事情，所以我的这个选择做得反而比较简单。

行　超： 我们现在看到的活跃在文学界的这些"70后""80后"作家，其实很多人都是三十岁左右才开始写作，或者那个时候我们才看到了他们的写作。与你们这些十几岁就受到关注的写作者相比，他们可能是人生经验积累到一定程度才出手的。从这个角度来说，你觉得出道早对你的写作产生了什么样的影响？

张悦然： 我很羡慕他们，没有留下很多让自己感到遗憾的少作，而且这些少作还不停地在市场上、在大家的视野里流传着，这还是会让自己觉得有点不安的。另外，我觉得他们会有一个相对安静的准备的时间，这个准备的时间是特别重要的。

我们是被市场催发的一代人，不可否认，出版市场忽然之间的繁荣，对我们有非常大的推动力。在那个时间里，我们其实非常容易过上一种所谓"名人"的生活，那时候所有人都感觉到一种成名带来的压力，你要去经营和维系你的名声，你害怕被遗忘，需要不停地出书，于是就变成了一个可能没有办法慢下来的恶性循环。我常常反思，那样一种生活是非常难以获得真实有效的经验的。如果一个年少成名的人永远在各种通告、活动中奔波，就像在传送带、流水线上不停地滚动，是很难有真正有价值的经验和生活的。

二十岁的时候大家都在天马行空地写各种虚构的东西，但是二十岁到三十岁这段时间是非常宝贵的，你会对世界有非常多新的认识，然后转变成自己的经验。在这个时间里如果你缺席了真正的生活是特别难以弥补的，所以当时我觉得必须得脱离那种生活，回到更简单、更不被外界干预的生活里来。从这点来说，比我们晚几年成名的那些"80后"作家，在最初的那个安静的时间里，积累了很多我们所不及的东西。

行　超：《茧》被评论界称为"80后"的转型之作，我不确定它是不是能够代表整个"80后"写作的转向，但这个作品确实是你个人写作中一个非常重要的标志。你之前的作品可能更多是个人化的书写，《茧》更加向外敞开，更面向外部的世界,面向他人、面向历史。你怎么看待这两种写作?

张悦然: 我内心并没有完全把这两种写作方向割裂开,完全个人的经验与和历史等更大问题相关的经验,在我这儿是没有明确区分的。对我而言,只有一个一个让我感兴趣的话题,这样的话题常常是我们和某个介质之间发生的冲突和关系。比如《茧》,我在这个小说当中讨论的是在我们这代人之前发生的事情,我想讨论它们与我们之间的关系和纠缠。我没有觉得它们更大或者更宏观,恰恰相反,我认为我们这代人看待历史等很多东西的角度、视角都完全不一样,是非常个人化的,可能这个才是我真正想表达的。那个特别宏大的历史到了我们这边,可能只是留在我们祖辈脸上的一道光,我们只是看到了这道光,只对这个东西有感受、有表达的欲望。至于整个历史的图景是什么,真相又是什么样子,可能对我们这代人来说并不是注视的重心。

行 超:《茧》所书写的那段历史,小说主人公李佳栖和程恭没有亲历过，作为作者的你也同样没有亲历过。也就是说，不管是作者还是主人公都只能是一个历史的后来者，我们只能是道听途说的、旁观的、甚至是推测的，很难真正做到理解、包容或者宽恕。这其实是青年作家在书写历史时的一个危险，或许会因此出现一种后来者的高高在上、或者说审判的姿态。

张悦然： 对，我们毕竟没有在那个时代生活过，所以肯定会有理解的错误和简化的可能性。真正生活过的话，一定会有不一样的感受。比如在电影《阳光灿烂的日子》里，创作者呈现出来的就是在那个时代，作为个体的童年中所获得的东西。艺术作品中的历史一定不是简单的口号或是什么东西，它是非常饱满的、多汁的、多义的生活，所以我觉得作为后来者的书写中一定不能避免"简化"这个问题。

关于你说的"审判"这个姿态，说实话会有，但是我也觉得这是年轻一代人身上会有的东西。李佳栖和程恭这两个人身上有一种对抗式的、绝对的东西，也许若干年后，他们会觉得这个审判挺滑稽的，因为人生并没有那么多黑白分明的事情。但是在那个时间点，他们身上有一种戾气或者一种特别尖锐的东西，他们需要和之前所有纠缠他们的阴影去划清界限。这其实是他们一种青春的余波，可能过了这个时间就不太会有这样的表达。我觉得青春应该要保留一点这样的精神，这里面肯定有简单粗暴的东西，但它是有能量的，如果所有人都像沛萱和唐晖一样，可能我们和历史的关系也会变得越来越淡泊。

行　超： 李佳栖和程恭面对历史时是逆流而上的，他们想要撕裂它，然后去接近那个最本质的"核"。现在的年轻人可能更像沛萱、唐晖，某种程度上选择的是听信和回避。但即便如此，李沛萱的生命也不可避免地被自己家族的历史所影响和改变了。这样看来，历史可能真的就像是"怪兽"，所有人都没办法逃出来，所有人都被笼罩在这个巨大的影响之下。有时候我会疑惑，一方面，我们深知这种不可抗的影响，另一方面，我们又常常告诉自己，要卸下历史、轻装而行。你觉得青年一代在面对历史的时候，到底应该是什么态度？

张悦然： 我觉得这是一个特别自然的选择。历史怪兽的爪子首先来到了李佳栖和程恭的世界里面，他们无法视而不见，所以他们必须去寻根究底。如果这个爪子从来没有踏上你的地盘，你从未觉得它存在，在这种状态里，你去寻究历史，可能也确实是没有自身的满足感和价值。所以，我觉得面对历史的态度主要取决于你对历史天然的感情，或者说你们之间的关联是否已经建立。

小说中沛萱的身上确实传达了一点我的个人思考。我认为这种关系的建立是迟早的，难以避免的。只不过对于我们这代人来说，因为教育等很多原因，这个事情可能是延迟发生的，是比较微不足道地影响着我们。但它还是会来到我们面前，等我们变成更年长的成人，等我们面对下一代的时候，等等，这个问题还是会出现。

历史是一个非常抽象的概念，它不太能够被总结和概括，在小说中它需要落在具体的人物身上，像刚才说的，它就是一道光，我们没有办法去描述这道光，只能等这道光落在某些具体的人的身上和脸上，我们才能根据那个人感受到这簇光的存在。我希望把对历史的一些理解通过特别具体的个体，通过这些个体身上所发生的变化呈现出来，而不是说直接呈现自己的态度和观点。

行　超： 最新的中篇《大乔小乔》也体现了你所说的，通过具体的人去呈现历史。这两个作品在主题上有相通的地方，但《茧》处理的问题更厚重，笔法上多少有些紧张。《大乔小乔》似乎更松弛、从容一些。

张悦然：《茧》因为是长篇，不可能那么均匀，它里面有非常多特别黏滞的东西，也会有一些挺偏执的情绪，更加个人化、风格化。比如我会关注当真相降临在程恭的世界里面，程恭觉得眼前一切都不一样的那一刻，我觉得这对一个少年来说特别重要，是他人生中特别隆重的——我把它称为"顿悟"的时刻。在这样的时刻面前，我就会洋洋洒洒写特别多，在一个长篇里面，这样的任性是有机会得到呈现的。

《大乔小乔》可能是另外一种尝试，这个故事其实是来自于一个我多年前听到的真实故事。我关心的点在于姐姐和妹妹微妙的地位的转变，妹妹是超生的孩子，从小就非常渴望取代姐姐，成为这个家里一个合法的人，这是她心里永远的阴影，她后来做的很多希望出人头地的努力，都来自这样一个原初的点。姐姐本来是非常美好的一个人，但是她一点点地被这个家庭的痛苦吞噬掉，于是姐妹两个的角色和地位有一个微妙的变化，这种变化是我所感兴趣的。讲述这样一个故事你是没有办法脱离那个具体的时代语境的，我并不是在主动去回应某些政治、历史、时代这样大的主题，那从来不是我感兴趣的，但在这个小说中我没法回避，这就是从这个主题里面长出来的非常扭曲的花朵。

行　超： 在这个作品中，你的语言风格有明显的转变，逐渐变得更朴素、更克制，之前那种非常"张悦然式"的奇想、比喻等好像都不见了?

张悦然：我觉得是在不同的题材里面尝试不同的语言吧。《大乔小乔》的这种写作方式写中短篇的时候可以去尝试，中篇相对比较好控制，你希望它能够以一个比较均匀的节奏，比较克制、比较远的讲故事的方式，但是在长篇里面，它还是会变成自己的风格。我觉得这些探索的轨迹对于写作来说都是有益的，它会让我掌握一种更属于自己的东西。

这个小说出来之后，也有人说它看起来不太像我的东西，在语言上没有我过去的风格。但我觉得这都是作家在探索他的边界，风格本身就是一种局限、一种边界，我们必须承认，作家建立了这个边界以后有两种选择，一个是舒服地待在这个边界里面，还有一种就是去突破、去不停地撞这个边界，通过这样的动作进入更宽的疆域。我觉得要做去撞那个边界的人，哪怕撞飞了，但是这个撞的努力是一直要去做的。

行　超：我记得去年年底我们参加活动，一大群人去你房间里玩那个猜词语的游戏。那次我非常直观地感受到了你对于文字本身的把控能力，比如说一个非常平白的日常用语，你会从时空、情感、审美等各个方面去描述它。当时在场的批评家都说，作家对于文字的把握能力真的很不一样。你理想当中的文学语言是什么样子的？

张悦然： 我理想中的文学语言其实经历了非常多的变化，刚才我们说的《大乔小乔》的风格变化，可能也是因为我的审美发生了变化。最开始的时候，我非常喜欢那种浓烈、张扬，也非常女性化的语言，像安吉拉·卡特和张爱玲。但是后来我慢慢发现，当你想要去写一个更宽广的问题，想去塑造跟你原来的人物不太一样的人物的时候，你需要把语言变得简单一点，可能这样的语言才能扫到那些原来扫不到的角落或你想探索的更远的地方。所以后来我希望语言更加简单和准确，没有太多多余的部分。

《大乔小乔》写出来的时候大概有四万多字，后来是删到现在的三万多字。我现在写小说有一个非常重要的环节叫"删"，之前啰唆的、重复的,害怕读者没有理解、没有交代清楚的一些东西,现在我都会把它们删掉。删的过程其实非常痛苦,但我觉得这是一个作家自我提高的特别好的机会。很多时候你来不及干预自己的书写过程,是潜意识驱动着你把它完成。但是修改的过程你需要特别清醒,你需要不停做出判断,考虑每一句话的去留。

行　超: 我的经历跟你有点像,父母都是大学老师,从小在大学校园里成长,然后进入一个很稳定的工作和生活状态。跟前辈的差异就不用说了,我甚至觉得跟同代人相比,自己也是一个经验贫乏的人,你有没有过这种焦虑?

张悦然: 我觉得作家其实需要一种文学生活,他需要一种不断给他提供养分、不断给他学习环境的文学生活。这是波拉尼奥给我的启示,我读他很多书的时候,觉得他书里的很多人真的是在过一种文学生活,他们在这样的界面上探索和生活。如果作家能够好好地利用他在阅读中获得的东西,利用他收集到的资料和素材,他也完全可以呈现出好的作品。比如说英国作家麦克尤恩，他就是非常典型的调查型作家，每次写作之前会做非常多的调查和采访工作，然后通过长时间在这个环境里的浸没，把它内化为自己的经验。有很多这样的作家存在，我们不应该认为这种经验一定是不真实或者不动人的。我们不能期望每个人都像格雷厄姆·格林一样，做过间谍又从事过很多职业，我们应该从自己的经验角度出发，去寻找和拓展题材，去寻求拓展眼界的可能性。就我个人而言，阅读真的非常重要。其实经验本身的价值和含义也在发生改变，比如说我们遇到另外一个人，他给我们讲了一个故事，这为什么不是一种经验呢？

行 超：从开始写作到现在，不管是普通读者还是文学界，都对你有很高的期待，你好像不断地被当作"代表"放在"80后"的头衔下面，但实际上，写作的本质又是面向自己的。外界的期待和评价对你个人有没有影响？你觉得写作最终面对的是什么？

张悦然：肯定是自己。我在《茧》之前十年没出书，在我内心深处,有种慢慢在大海中失去航线的放逐的状态。十年真的足够大众忘记所有的人,所以我觉得我早就不在那个期待里面。这十年我跟文学界的交流很少,基本上是以一种自己去探索、摸索的方式在生活和写作中获得养分。

有时候我特别需要一种很彻底的寂寞,特别希望自己从日常琐事中挣脱出来,进入孤岛的状态里去。《茧》就是慢慢走进那样的状态。我觉得这其实不是一种特别成熟的表现,有的作家可以把这两者很好地平衡,但对我来说比较困难。我不是和现实生活关系特别融洽的那种写作者,为什么我会强调文学生活,可能就是因为现实生活给我饶有兴味的东西比较少,更多时候我是在忍耐生活,所以希望至少有一些文学生活的部分让我感觉到意义,感觉到一种真实的存在感。

行 超: 有一个整体的感觉,包括你在内的大部分"80后"作家,笔下的年轻人都是迷茫的、受伤的、孤独的,就像你说的,是跟现实生活有冲突的人，好像那种对现实和生活保持正面、积极、阳光态度的人物形象很少见。这是什么原因？

张悦然： 我觉得这既是时代的原因，也是一种青春角度的表达。你让一个中年甚至老年的作家去写青年，他写的一定不一样，但是青年去写青年，一定会带着这样的色彩。就像《麦田里的守望者》中，霍尔顿这个人物之所以经久不衰，就是因为青春本身就需要一种特别颓丧、特别消极的表达，这种消极我们也可以定义为他不认同成人世界的规则，他试图获得自己的生存空间和自由。

现在回头去看，我觉得残酷青春还是挺好的事情，与近些年市场上出现的那些治愈、鸡汤比起来，残酷青春至少有一种反叛的精神，这是青春本身需要的，如果青春都是规训的东西，那肯定是有问题的。

行　超： 可是我觉得"80后"都已经三四十岁了，但是在很多场合还是被当作不大懂事的孩子，写出来的作品也像撒娇似的，缺乏一种自我反思的意识。这种精神状态其实跟实际年龄挺不相符的，是不是我们这代人的青春期特别漫长？

张悦然：我有时觉得，在我自己这里，青春记忆和现实生活，这两个世界还没有融合得特别好，二者之间始终还有一个缝隙。可能我根本也不希望它们融合得特别好，因为青春本身有特别多纯真的、真诚的东西，就好像是一个过去的童年的彼岸，是一个比较纯粹的世界。每个人都有部分是彼得潘，都希望能永远守护他们的"永无岛"，不想让它们被飓风骇浪的现实世界吞没。

行　超：用现在一个很流行的概念，你应该算是标准的"斜杠青年"，作家／文学教师／杂志主编，好像还要做导演？这些身份让你以不同的触角深入到现实和生活中去，它们对你的写作构成了什么影响？

张悦然：我的第一份工作就是写作，一出大学的门就开始写，一直写了这么多年，所以我觉得需要推开一些别的窗户，从别的角度去看待这个世界。比如说大学老师是一个比较好的角度，至少你会了解两类人，一类是老师、一类是学生，这种了解和你去做调查不太一样，是你根植于那个身份里面的一些观察。

我这学期讲的是短篇小说鉴赏。坦白说一开始，我觉得每周上课的压力让人挺烦躁的，比当年做学生还累。但现在渐渐地，我会有一种成就感。因为是公开课，这些学生来自不同专业，我发现好像选小说这门课的同学跟其他同学不太一样，比如有个女生每节课下课后会跟我出去抽一根烟，跟我讲她自己有轻微的抑郁症，现在是什么样的状态；有一个男学生跟我讲他之前离开学校去当了两年兵，回来以后发现以前的同学都毕业了，世界完全变了，自己陷入了一种孤独的状态。这些同学好像内心比较复杂，比较敏感，通过我的课程能把这样一些人聚在一起，然后大家一块讨论文学，是挺开心的事情。

附录 ×

爱与尊严的时刻
——与李晁讨论《巨型收音机》

行　超： 李晁好，很高兴以这种方式与你一起谈谈具体的文学作品。这次挑选作品，我们各自都提了不少备选，也算是对个人阅读史的一次回顾。我的感受是，有些之前很喜欢的作品，这次重读好像没那么惊艳了；也有的作品，虽然还是好的，但似乎更倾向于灵光一闪，意义相对单薄，可供探讨的空间不够——当然，以"厚重"来要求短篇小说，显然也是不公平的。你对国外的短篇小说一直有追踪阅读，你的阅读量也很让我敬佩。可否先请你谈谈，你心目中好的短篇小说是什么样的？或者说，短篇小说有什么特殊的审美标准？

李　晃：行超好，很高兴我们能做这次访谈，为了这个，我们确实都在各自的阅读经验里寻找合适的篇章，过程不那么容易，或者说确定，因为我们继承的"遗产"太多了，然而有一点或许是打捞的线索，就是尽量贴近我们当下的生活状态，至少在短篇里，寻找一种恒久性，而非险峻故事带来的一瞬的紧张。我想到的第一个篇目是德国作家埃尔克·海登莱希的《背对世界》，重读后，还是感动，以前读被"背对"这一行为所吸引，现在看感受又不同，焦点还是回到了男女主人公身上，这两次之间的变化，关于彼此生活的信心重建或者说挽救，仍是小说的重要力量，至于剩下来的那个"背对世界"瞬间之外的那个危机四伏的世界（有可能牵动世界格局乃至"毁灭"的时刻）不过成了小说的插曲，它在这里沦为了切实的背景。我当时的考虑是，眼下的状态要背对世界是很困难的，我们每天都在直面这个世界，尤其疫情的出现，世界的目光更是被集中牵制，但因为一些原因，我们放弃了这一篇，然后各自又备选了几篇，确实如你提到的，我们担忧"可供探讨的空间不够"。我又想到《局外人》，重读后也有新发现,于是接着又翻出卡夫卡的《审判》来读,两者的精神联系在我个人看来还是显著的,只是《局外人》将人物置于了日常的逻辑场域,几乎可以看作一种卡夫卡式的降维处理,但又不同,加缪有自己的来源,比如第一部不成功的小说《快乐的死》及他个人的处境,等等,最终我们也有顾虑,就是经典性作品的阐述空间能否由我们提供出新的意义,于是又被放弃。我对这两篇的选择,其实都有一个共同的出发点,就是我想在"背对"和"局外"这样一种寓意下,去参看当下,或者说人与他所依托的环境的关系,但这样的议题又必然会偏离文本本身,因此做了割舍。

回到短篇小说本身,相关论述实在太多,且各有道理,也无定法,每个作家都有着自己的法门。我看短篇小说自然会被作品本身牵着走,在它所营造的空间里寻找被触动的一刻,要么是情感和精神向度的力量,要么是故事本身的精湛,所以也几乎没有恒定的标准,但我可能倾向于一种延伸意义上的存在,即作品以一条线索牵引出一个未被讲述的存在空间,以"有限"抵达"无限",这是我觉得会以写作实践来靠拢的短篇小说。好的短篇小说在我看来也几乎是没有标准的,最大的标准是自然,但我们能说自然到底是属于哪一种么?所以每一部好作品的出现即是一种标本。

行　超：感谢你的推荐,我读了《背对世界》这样优秀的短篇小说。小说中男女之间与世隔绝的感情,很有种"倾城之恋"的味道,而小说最后作家笔触一转,将真空的爱与冰冷的现实瞬间打通,那一刻,小说显示出一种不动声色却让整个世界轰然倒塌的力量。《局外人》和《审判》都是经典文学作品,我倒不觉得《局外人》相对于《审判》来说是"降维"的,我想更多只是源于表现手法的差异。这两个作品在主题上确有相似之处,尤其是两位作家对于人的永恒孤独,以及"被抛境况"的展现。加缪与卡夫卡在身份上也有所相通,加缪是出生并长期生活在阿尔及利亚贫民区的法国人,卡夫卡是犹太后裔,他生活在捷克,却从小接受德国人的教育。对于他们各自所处的现实环境和周边人而言,他们是"他者"、是"异己",也是因此,他们终生都感到自己是"局外人"。我想,正是这样的现实处境,让作家对个体身份、进而对人的普遍处境不断进行着反思与拷问。

是的,"现实处境"对于一个作家来说至关重要。在很长一段时间里,我们的文学太过强调书写无差别的、共通的"人性",但是,完全真空地谈论"人性"是不可能的,我还是坚信,任何文学作品都必须放在其所处的具体时代语境中去考量,完全剥离现实与历史而空谈其"文学性""艺术性",这种价值在我看来十分可疑。此前我也提到了萨利·鲁尼,这个爱尔兰的"90后"作家,在西方国家受到颇多赞誉,得了很多有分量的文学奖,据说《正常人》《聊天记录》两本书也都卖得很好。但我想谈的恰恰是我在阅读其作品时所感到的不满,说实话,我并不觉得鲁尼的写作代表了当下西方小说的最高成就——在这一点上,我们似乎迅速达成了一致。因为担心是中译本的翻译环节出了问题,我又特地找来 Normal People 的原著来读。鲁尼的语言真是好,她能用最简单的句子勾勒出一种很深刻的忧伤与暧昧,但是这种特殊的氛围与气息恰恰是翻译中最难传达的东西。鲁尼是典型的弱情节、重细节与心理的写作，这种写作延续自现代小说传统，直到今天依然受到西方读者的欢迎。在中国，现代派写作在一定时期内是作为文学的形式实验而出现的，它的读者群其实并不大。中西方社会在这方面的接受差距，我想还是要回到彼此的"现实语境"中去解释。西方社会经过多年资本主义的发展，已经达到了稳定、甚至稳定到了乏味的程度，不少国家早就进入了低欲望的状态，在这样的环境中，鲁尼这类专注于挖掘内心与情感幽微的写作是很有可能受欢迎的。但是中国的现实不同，我们的生活轰轰烈烈、瞬息万变，这种"剧变"的现实与西方社会"稳定"的现实之间存在巨大差异，这种差异也让我们在阅读趣味与审美趣味上存在差距，在我们的国家，现实主义或者批判现实主义一直是文学写作的主流，这是由我们的社会现实所决定的。但另一方面，必须承认，我们这代人的文学审美，某种程度上其实是被西方现代文学塑造出来的，直到今天，在这次挑选作品的过程中，我们还是本能地将眼光投向了西方现代小说。这种做法好像有点近乎"迷信"了?我的疑问是,在这种现实的隔膜下,当下西方小说还适应于我们此刻的现实吗?它还能给我们带来多少意义?

李 晁:你提得非常好,很值得思考。有段时间我还在想一个现象,就我个人的阅读而言,同步的当下西方小说还是很少进入阅读实践,这里存在着一个时间差,虽然阅读西方作品是一个广泛的行为,但我对西方作品的阅读还大量停留在二十世纪,而本世纪已经过去了二十年,虽然有不少作品进入视野,比如各大文学奖的最新作品,等等,但真正进入有效阅读的却不多,不少属于拿起即放下的状态,是什么造就了这一原因?是心理的抵触,包括对"同时代作家"甚至"同龄人"的疑问和甄别,还是对经过时间认证的作品抱有更强的依赖?好像都有一点。前几年,我读哥伦比亚"70后"作家胡安·加夫列尔·巴斯克斯的小说《名誉》就想到这个问题。在自己的阅读经验里,尤其在版图不大的国家,如果有了一位马尔克斯,就本能不愿再读这块土地上生产的任何其他作家了,这可能是"代表"这个词产生以来的最糟糕的影响之一，因它会带来遮蔽，而不得不相信的是，时代变迁会刷新出一代崭新的作家，造就"他"的影响的变化可能和来路有着千丝万缕的联系，毕竟阳光、雨露和土地的渐异已经改变"作物"的样貌，如果说阅读过去的经典是为了让我们更好地了解脚下土壤，那么阅读同时代作家的最新作品就是品尝土壤之上"作物"带来的最新滋味，这体验无法绕开，因为影响"它们"的，也正影响着我们。为了这次访谈，我暂时停下了对《静静的顿河》以及《黑羊与灰鹰》这两本体量巨大的作品的阅读，就是在读这些与我们当下生活反差巨大的作品时，我们仍能毫不惊讶地看到，生活或者说生存的一致性，并未有我们想象中的那么大，人类还是在自我的轨迹里依靠自身欲望而存在，虽然它的社会结构、文化、信仰都是那么不同，但仍能感受到作品带来的无限贴近，这恰恰又不因地域或文化的差异而产生隔膜乃至不可接近，相反，我觉得文学就是缩小差异的活动，它不放大问题，而是以邀请的姿态让人经历我们能理解的生活，让读者产生共情。

行　超：之所以提议约翰·契弗的《巨型收音机》,是因为这次重读的感受跟之前很不一样。我想,这也是好小说需要具备的特质,在不同的境况下、不同的人生阶段中,它总是带给我们不同的感悟和启发。很多年前第一次读这个小说,印象最深刻的是作者的想象力和作为小说家的"匠心",这次却更多读出一种悲凉。都说"未经审视的人生不值得一过",但事实上,我们哪个人的生活是真的经得起仔细审视的呢?小说开头写韦斯科特夫妇过着令人羡慕的安稳生活,正如他们身边的大多数中产阶级家庭那样。然而透过那个莫名其妙的收音机,邻居们看似幸福的生活被一一戳破,在不为人知的私人空间中,充斥着金钱、欲望、人性的恶。小说最后,契弗毫不手软,他让韦斯科特这对仅存的和睦夫妻也撕下了假面。有评论者说这篇小说"揭露了中产阶级的虚伪和孱弱"——我觉得这实在有点刻薄,这里的每个人,不过是苦心维护自己的日子以及尊严而已。现实生活中的我们难道不是吗?

李　晁：你的提议很好,事实上在你提议这篇的同时我挑了契弗的《感伤恋歌》来读。我喜欢契弗的短篇,数量庞大而又质量恒定,从早期的《机会》开始,一些篇目我一读再读。《巨型收音机》的日常性和借收音机出现带来的反常性拉出了小说的叙述和表现空间,这就是匠心的"设计"部分,即巧妙地借用收音机这一收音功能,将整栋大楼的看似平稳和谐的生活状态做了一次剥露、一次起底。艾琳就"偷听到五花八门的各色演出,有消化不良,有激情肉欲,有无边的虚荣,也有无限的信仰和绝望"。而窥听这一行为得来的他人面貌,又毫不留情地回向到了韦斯科特夫妇身上。在妻子沉迷于他人的生活"丑闻"、在丈夫撕破妻子的面目之前,有一句话,我们或不可忘记,是妻子艾琳说的,"我们一直都很善良,很正派,彼此相爱,是不是……我们的生活一点都不肮脏,是不是,亲爱的,是不是?"这种寻求肯定的心理是那么的急迫,我读到这里,已经很能感受艾琳的惶恐了,因为她此前所听来的种种混乱与不堪都是他人的,与自己无关,而在这偷听行为之前,那些混乱和不堪又都被它们所属的个体所掩饰,看上去整栋公寓楼里的人都和艾琳自以为的幸福有着一致的感受和表现。甚至我们看故事的契机，是因为韦斯科特夫妇喜欢严肃音乐，这一高雅的享受几乎就是一张坚固的面具，借以笼罩人物来路上的阴影，那些不可与外人道的内容，直到这一切因为收音机的出现而展露破绽，丈夫渐进的状态也埋伏了这一爆发的因子。丈夫回家一次比一次疲倦，面对艾琳偷听行为带来的歇斯底里，丈夫最终无法配合。当吉姆历数生活的不易现状时，妻子变得惊恐起来，她怕那台丑陋的收音机会将这一切也散播到别的家庭去，谁又能担保这栋楼里的其他住户没有这样一台怪异的收音机呢？所以在面对妻子的两面性时，丈夫亮出了杀手锏，他开始讲述妻子的过往了，这是残酷的时刻，"你在你妈的遗嘱还没经过验证前就把她的首饰都偷了去。本来应该留给你妹妹的钱你却一分都不给——就连她急需钱用的时候也是一样。是你造成了格蕾丝·霍兰德悲惨的一生，还有当初你跑去打胎的时候你所有的那些虔诚和美德都哪儿去了？"这就回到了我上面说的，小说以当下的状态，延伸到了过去，那未出现的小说空间（属于艾琳的，而"格蕾丝·霍兰德悲惨的一生"难道不是另一个隐秘故事么），也是在这里，小说完成了漂亮而又残酷的翻身，即从窥视他人到反观自己。我们再看所谓的"揭露了中产阶级的虚伪和孱弱"这一评语，当然过于片面，它抛除了人的复杂和一种本能地向更好的方向发展的愿景。还是艾琳，在被丈夫无情"暴击"后，她却没有跳出来反击丈夫，披露丈夫的不堪往事（难道丈夫是一个无可指摘的人吗？我想不是吧），她只为自己感到屈辱和难受，试想在这样的时刻，有多少作家能抵抗住妻子对丈夫的反弹呢，一场撕裂大战一触即发，然而契弗却让笔下的妻子沉默，这是多么不经意然而却是了不起的洞悉人性的一笔啊。我们接着看，在艾琳准备关掉收音机前，仍然"希望那台机器能跟她说几句温柔的话语，希望她能再次听到斯维尼家保姆的声音"，我读到这里，才真正被打动，斯维尼家的保姆说的是什么呢，正是近于童话一类的美好故事啊。这就回到了你说的维护尊严的时刻，我绝对认同，人是需要这个的。

行　超： 如你所说，这个小说中最为"残酷的时刻"，就是丈夫对妻子完全地"坦诚相见"、不留情面的时刻。契弗的小说一向瞄准美国的中产阶级，小说中"听古典乐"这种特征，几乎就是中产阶级的标志。我想起另一位美国作家雷蒙德·卡佛，他的笔下都是美国蓝领，他们的生活是修车、捕鱼、挖冰块，虽然在内容上差别非常明显，但是到最后，这两个群体的人几乎都遭遇了作家笔下"残酷的时刻"。不过，我在卡佛的人物身上还常常能看到一股"气"，一股不服、不甘的"气"。与之相比，中产阶级可能真的只剩下"孱弱"和"虚伪"了。当然，这其实也是符合现实的，蓝领阶级看起来处境艰难，却是不屈的、充满生命力的；中产阶级才是我们这个社会中最薄弱的环节，一旦经济环境或社会本身发生剧变，最先被摧毁的一定是中产阶级。《巨型收音机》这个小说写于上世纪中期，在今天我们重读它，还依然有一定的现实意义。随着社会经济的发展，中国传统的乡土社会逐渐萎缩，城市迅速发展、迅速膨胀，随之而来的是越来越明显的阶层分化，中产阶级正在逐渐壮大，在文学和艺术领域出现了所谓的"中产阶级审美""中产阶级趣味"。近年来，也有不少中国作家写出了面向这一群体的小说，比如描写画家、大学教授，甚至作家生活的作品。不过说实话，我好像没有发现像《巨型收音机》这样一语中的的小说，对于眼前的社会现实，对于正在出现的这一阶层，我们的认识好像还很有限。这也是我一直以来对于当下文学写作的不满足：面对身在其中的现实，我们的作家似乎有点迟钝？为什么我们的文学书写在变动的、充满话题感的现实面前，却常常显得滞后？

李　晁： 我觉得滞后是正常的，文学自然不是即时的反应器，每个作家的捕捉点又那么不同，而情绪的积蓄与表达又属于另一个问题，所以整体看，滞后都带着明显回望的姿态，但这也不是一种辩护，可其中的难点还是要说明白，当下是很难被看清的，它的变化和前进方向实在难以被有效捕捉，这就是为什么我们容易去写一些过去时代的故事，因氛围是固定的，是被作家所经历过的，而这经历又很容易转化为书写经验，这有利于作家对人物与时代环境的双重把握。举个简单例子，如"二战"，几乎所有关于二战的经典作品(虚构的、非虚构的),都是在二战结束后完成的,为什么?因为这样才能完整看待。但这样不是说我们要规避当下,只是说,"当下"这样的存在为我们的写作制造了更大的难度,作家也应当有挑战当下的勇气,这也正是我们特别想要看到的写作,一种对难度的挑战,而这样的变动性,处在没有预兆的历史开端或者说前进的洪流中的书写会显得更迷人,因为缺少参照又前途未卜。

我们的"中产阶级"叙事之所以停留在表面,像你说的仅仅是人物身份的变化,也是因为现实,可以看出这一土壤还不够丰厚,底子薄了,大多还只是一个外壳,真正全方位地浸润,还需要时间和几代人的参与。

契弗写中产阶级确实有一手,难得的是他写出了这一看似稳固阶层的不确定性,比如《绿阴山强盗》这样的篇章,完全可以视作一种缩影,而你提到的卡佛,或者说与卡佛相类的作家,比如我很喜欢的理查德·福特,等等,他们都有过流浪般的工作生涯。福特还编过一本叫作

《蓝领、白领、无领》的小说集（好玩的是，这本书正是献给卡佛的），在序言里，福特说，"工作，某种程度上决定了一个人的道德观和人格……你干什么，也许并不能界定你是什么。但是，你干什么，确实更能让人信服你是什么……没有工作，会动摇整个人格体系的根基。"工作是人的外化的表现，那么依托于工作，身份、阶层的裂变也似乎开始了。卡佛和福特都干过多种工作，大多是以体力劳动为代表的所谓工人阶级，而就算是在这里，我们也容易看到一种不确定性，因为即使这样的工作，比如说作为太平洋铁路公司的扳道工或看门人、送货员（福特和卡佛曾经的职业），它仍是不稳定的，大家都要抱着随时会失去这份工作的状态而存活，哪怕这已经是最底层的工作了。因此不论从契弗笔下的中产，还是卡佛、福特笔下飘摇的工人阶层，我们都能看到这种不确定性，而这正是两者共同的迷人之处，他们都写出了这两类人的困境，不同的只是情势，契弗笔下的中产阶层要维护的依旧是那个中产的面具和体面带来的道德优势，这让人物撕扯，就像球队一样，谁都不愿意降级。而卡佛、福特笔下的工人要面临的是与可能失业或不断失业之间的命运抗争,这会产生一次次的失落,这失落会不断击打一个人的信心,这是残酷的噩梦,所以就像你说的"我在卡佛的人物身上还常常能看到一股'气',一股不服、不甘的气",就可以看作生存最后的尊严,也可以说是唯一的尊严,要不然一个人就被彻底打垮了。

回到《巨型收音机》上来。艾琳所要维持那一切、对丈夫索取的确认,都是因为羞耻,她以为自己已经摆脱了那些糟糕的来路,成为更好的人,正是这一点"伪装",被丈夫撕破,从而让人得出这篇小说道出了"中产阶级的虚伪"一类的观点,为什么我认为这是片面的看法,还在于艾琳的表现,我之前提到过,她为什么不反击丈夫,对丈夫的道德制高点进行压制,让两人都处在无可遁形的境地,彻底撕破脸来,这样的暴露难道不会更彻底更有力吗?可细想,为什么小说里没有发生这一幕,艾琳相反保持了沉默,我觉得恰恰在于艾琳已经以为成了她想要成为的人,她无法再接受自己沦为从前那个残忍的妇人,这难道不是她身上的一点可贵的变化？契弗的高妙恰在此种微妙之处，他写出了人的复杂，而不是使其沦为道具。

行　超：小说最后艾琳面对丈夫诘问时的反映，同样让我动容。男性总是更理智、更目的论的，所以吉姆早就告诉妻子，买收音机是为了给她带去快乐，如果不能，倒不如早点退掉。而女性则更流连于一切过程中的具体情绪，艾琳在听到邻居们的真实生活之后，像是单纯的孩子初见了世界的肮脏，反而更珍惜生活中那些美好的片段，比如小说中写到的，在那个赴宴的夜晚所见到的救世军乐队与闪耀的星空。正是这种冲突与矛盾让艾琳不可自拔地沉湎于此，她需要发现他人身上的缺陷，需要确认任何人都是有罪的，以此方能缓解自己的悔意，与自己内心的罪恶和解。但她的丈夫吉姆显然并不能理解这一点，就像她大概也不能理解吉姆对经济、对现实的焦虑和对生活的厌倦一样——这是人与人之间永恒的隔膜，也是永恒的孤独。

这个小说还有一点很打动我，与你之前所说的"小说的空间"有关。好的小说是没有边界的，它不仅写了此在、此刻,更牵连着无穷的未知。《巨型收音机》看似写的是一对中产阶级夫妇,但通过"收音机"的连接,小说的空间感得以极大扩展:就在同一时刻,这世界上不仅上演着艾琳和她家庭的故事,还有银行透支的夫妇的故事、史威尼家保姆的故事、争吵与殴打妻子的故事……人们彼此隔隔,却又不容置疑地永久相连。伍尔夫的小说《达洛卫夫人》中有一个情节,布雷德肖太太匆匆赶到达洛卫夫人的宴会,告诉她迟到的原因是"一个青年自杀了"。这时候,达洛卫夫人心里想:死神闯进来了,就在我的宴会中间。于是,一个喧闹的聚会与一个青年的死亡,这两件看起来遥远且完全相悖的事情产生了关联,达洛卫夫人由此重新审视自己的生活:"在某种意义上,这是她的灾难——她的耻辱,对她的惩罚——眼看这儿一个男子、那儿一个女子接连沉沦,消失在黑森森的深渊内,而她不得不穿上晚礼服,伫立着,在宴会上周旋。"就像你刚才说到的,《巨型收音机》中的艾琳"已经以为成了她想要成为的人,她无法再接受自己沦为从前那个残忍的妇人",同样,对于达洛卫夫人来说,得知那个并不相识的青年死讯的时刻，不啻为她的"觉醒"的时刻，与艾琳一样，达洛卫夫人也发现了自己生活的真相，即便很可能完全无力改变，却依然难能可贵地保持着清醒，不与其共沉沦，这本身即是一个人及其存在的最重要的意义——而这，也是文学照见彼此，进而关怀他人、连接世界的时刻。在阅读中，每当遭遇这种时刻，我都会觉得异常感动。可惜的是，在当下的小说中，这种时刻似乎越来越少了，一些作家是以"冷峻"甚至"冷漠"为自己的写作目标，对他人漠不关心反而成了一种可供标榜的文学风格。对于这两种写作风格，你怎么看？

李 晁： 你对艾琳的观察很到位，"她需要发现他人身上的缺陷，需要确认任何人都是有罪的，以此方能缓解自己的悔意，与自己内心的罪恶和解。"我很认同，这就是人。

回到你问题上来，"冷峻"如果作为行文风格，我想没人会不喜欢，因为它会稍少产生冗余，我们想象它是一种精炼的行文风格，与语言直接关联,而人物在其中以较少的姿态展现出一种微妙的丰富寓含(需读者细察),这是很可观的。但如果"冷峻"只是导向小说所要表现的内蕴,由它暴露出"冷漠"乃至仇恨的狭小世界观,就另当别论。当然此种情况也要再多说一点,因为《局外人》里的默尔索刚面世时正受这一指控,从而激怒了一部分人,在小说里也有这样的人物,比如检察官、神甫。这就要进一步考量小说的基调是怎么样的,看它的出发点。《局外人》里透出的那种"荒诞"和人物对世界的恐惧乃至"他"所追求的真实的表达,是可以包容这一切的,哪怕它采用极端化的形式,它唤醒的还是我们对"爱"的思考,对一个不同于我们的"他"的思考,对"他"的存在的理解,乃至反观自身,这是很有意义和价值的。可如果这"冷漠"跳开了小说人物或者说正是凭借小说人物而反映作家自己内心的冷漠、萧索,乃至仇恨,那此种偏狭也是无法藏身的,我们会很容易通过小说人物和叙事看到这是作家自己的黑暗之境,而不是别的,这就遗憾了。我相信你说的正是这种情况。从这一点,我们不妨说文学是要唤起"爱"的,比如人道、对生命的关怀与理解，等等，而不是沦为情绪的发泄口和宣传工具。那么诸多"爱无力"乃至敌视"爱"的作品（虽然它们也披着"冷峻"的外衣，甚至因为这"冷峻"而显得咄咄逼人）又因何产生？我们当然可以推卸到环境上来，但我们恰恰容易忽视自身的存在和重要性，所以，我以为你说的那种"冷漠"可能有一个源头，比如来自伤害，然后作家沉溺此种"伤害"，最终导向自我放弃，以自我心态映射整个世界，一旦作家自我放弃，笔下的人物是否会担负起作为人的责任（更别提一种尊荣），或者仅仅降为人物的切身存在，将作品所要依托的空间拉至变形的状态（这状态无疑也是作家的内心形状），那么我们要这种狭隘的形态做什么？它的作用是让我们抛开作品去体认作家本人吗？我们恰要提防对作家的理解超过作品。那第二种写作风格，我以为就是以情感力度为表现特征的，它自然容易赢得我们的好感，因为这样的作品会让我们对情感有充分的体验，它的迷人在于呈现一种变化、一种复杂。就像《巨型收音机》里的艾琳，我们的感受是一致的，她的那个遥远的从前和当下的表现，就有着巨大的反差，哪怕作者的表现切口很小，还是会被察觉，进而被打动。生活也永远没有完结，像那台被修好的收音机最后仍在播放即时的人类信息，东京发生列车事故，天主教医院起火了，等等，这又从小说聚焦的人物上做了视野的抬升，让我们看到个体的困境被更广阔的人类生活或者说更大的灾难所包围，所有人都在洪流中。

行　超： 你说得特别好。"冷峻"是一种优异的行文风格，但绝不应该因此导向作者内心"冷漠"的"黑暗之境"。写作者必须警觉这其中的差别，并且要在写作中自觉地区分这两者。不管是我们前面提到的《局外人》《审判》，还是《鼠疫》《城堡》，等等，加缪和卡夫卡都是行文冷峻，却对世界与人类本身有着深刻同情与关怀的作家，这也是他们的作品至今被奉为经典的重要原因。很多时候，为了追求某种"风格"，写作者被迫改变或压抑自己的真实感情，因而显得"不自然"。这也正应了你在开头说到的，短篇小说"最大的标准是自然"。我想，写作与人生一样，最高的境界正是返璞归真，是真诚、自然的情感流露。希望此刻的我们像《巨型收音机》中的艾琳一样,既往不咎地朝向未来;希望我们此后都能"学会浪漫",在文学的世界中赤诚相见。

李　晃: 对,真诚是试金石,也是情感的基础,为什么这样的特质不论在文学作品还是在现实生活中都特别迷人,是因为我们都有着向往之心。不断的阅读不光是审美的过程,也是借助作品中的美好不断修正自己的过程。

图书在版编目（CIP）数据

爱与尊严的时刻——当代作家访谈录/行超著.
-- 上海：上海文艺出版社，2023
ISBN 978-7-5321-8577-1
Ⅰ.①爱… Ⅱ.①行… Ⅲ.①文学家–访问记–中国–现代 Ⅳ.①K825.6
中国版本图书馆CIP数据核字(2022)第233115号

发 行 人：毕　胜
责任编辑：张怡宁
封面设计：钱　祯

书　　名：爱与尊严的时刻——当代作家访谈录
作　　者：行　超
出　　版：上海世纪出版集团　上海文艺出版社
地　　址：上海市闵行区号景路159弄A座2楼　201101
发　　行：上海文艺出版社发行中心
　　　　　上海市闵行区号景路159弄A座2楼206室　201101　www.ewen.co
印　　刷：浙江中恒世纪印务有限公司
开　　本：787×1092　1/32
印　　张：10
插　　页：5
字　　数：120,000
印　　次：2023年3月第1版　2023年3月第1次印刷
Ｉ Ｓ Ｂ Ｎ：978-7-5321-8577-1/I · 6757
定　　价：59.00元
告 读 者：如发现本书有质量问题请与印刷厂质量科联系　T:0571-88855633